」をどう裁くのだろうか？
kimi ha kono boku wo dou sabaku no darouka?
著†二丸修一 illustration†champi

高城誠司
[たかしろ・せいじ]

「拓真。明確に法を犯していない、
でも他人を不幸にしかしない人間をどう扱えばいいと思う？」
「何が言いたい？」
「彼女は死んだほうが世の中のためだよ。
彼女が反省できるような人間なら、ボクだってここまでしないさ。
でもどうやっても、彼女は利己的で、
自分のために他人を貶める行動しかしなかった。
だからボクはそれを責めた。それが悪いことかな？
それとも君は『死んだほうが世の中のためになる人間なんていない』
とボクを責めるのかな？」
「いや、そこまで俺は善人じゃねぇよ。
この世には煮ても焼いても食えないやつは腐るほどいる。
お前の意見は倫理的に問題だらけだが、
客観的で、中立で、公正だと俺は思う」
「やはり君はわかってくれるか」
「クソくらえだけどなっ！」
菅沼拓真
[すがぬま・たくま]

アシュレイ・イルハーン
デュレルの異母弟でシンシアの叔父。
拓真を拾う、武勇に優れた救国の英雄。
オデット
奴隷商人に売られていたところを
誠司に救われた、元奴隷の少女。

シンシア・イルハーン
十二歳の時に帝王学を全て修めた、
美しく賢い、デュレルの娘。
デュレル・イルハーン
インストリアル王国第一王子で宰相。
誠司を召喚した張本人。

「あの話とは？」

「ご主人様が以前言っていた、宰相閣下の本当の目的です。

アシュレイ王子に勝つことが目的であるように思えるのですが、
それ以外に何かあるのですか？」

「ああ、それは――」

「――――動くな」

「下手な動きをすれば殺す。
意味のない言葉をしゃべれば殺す。
ただ俺は、お前の言った最後の言葉を確かめたいだけだ」
「元気そうだね、拓真。
やっぱりまた会えた。とても嬉しいよ」
「意味のない言葉をしゃべるなと言ったはずだ！」
「再会を祝う言葉には意味があるよ。
だってとても感動していることを表現したいじゃないか」

kimi ha kono doku wo dou sabaku no darouka?

Contents

君はこの「悪《ボク》」をどう裁くのだろうか？

kimi ha kono boku wo dou sabaku no darouka?

プロローグ

＊

昔から生物の胸に青い炎が見えた。

炎の大きさは生物によって違う。一番大きな炎を持つのが人間で、基本的に体格が小さく、知能が劣るものほど炎は小さい。

最初は誰もが見えると思っていた。だが両親に聞いても見えないと言う。

年を取るにつれて、それがその生物が持つ〝意志の強さ〟であると理解した。だからこの青い炎をボクは――〝魂の火〟と名付けた。

「新入生代表の挨拶は――高城誠司《たかしろせいじ》君」

「はい」

いつも一番だった。勉強でも、運動でも、それ以外でも。絵を描けば賞を取り、楽器をやれば教師たちがこぞって賞賛してきた。

だから一番であることに飽いていた。賞賛されることに何の感情も湧かなかった。

しかしただ一つだけ、たまらなく惹《ひ》かれることがあった。

それが——

誠司《せいじ》は目の前を飛んでいたハエを叩《たた》き落《お》とした。

地に落ち、羽を震わせのたうち回るハエを、足の位置を変える振りをして踏み潰した。

ハエに宿っていた小さな小さな〝魂の火〟——それが一瞬ポッと燃え上がり、線香花火と同じく少しだけ余韻を残し消えていった。

「……たまらないな」

そう、唯一惹《ひ》かれること。それは〝魂の火〟が消えるところを見ること。この美しさは筆舌に尽くしがたく、心に不思議な満足感をもたらしてくれる。

それ以外には興味がない——はずだった。


——彼と出会うまでは。


「挨拶はありませんが、もう一人新入生代表がいます。——菅沼拓真《すがぬまたくま》君」

「しゃーっ！」

ここはプロレス会場か？　と勘違いさせるような威勢のいい声だった。

拓真《たくま》は精悍《せいかん》な少年だった。

身長は誠司《せいじ》よりやや高く百八十センチ程度。手足や胸は細身ながら引き締まっており、カッターシャツの上からしなやかな筋肉が浮き上がって見える。ボサボサの髪はライオンのたてがみのようであり、肉食獣っぽい雰囲気を醸《かも》し出《だ》していた。

二人が壇上で並び立つと、ひそひそ話の声は大きくなった。

ただでさえ例年にない二人の新入生代表。しかも二人がまったく違う個性であることもあって、比較が小声で交わされていた。

『すごーいっ！　あの高城《たかしろ》って人、白い髪！　マンガから出てきたみたい！』

『高城《たかしろ》君、かっこよすぎじゃない？　何あれ、読モ？　アイドル？　火星からやってきた王子様か何かなの？』

『知らないの？　高城《たかしろ》君は有名だよ？　読モもアイドルも誘われたけど、興味ないって言って断ったんだって』

『何それ!?　凄《すご》すぎ！』

『しかも家は大病院で大金持ち。髪が先天的に白いことから有名人で、他の学校から見に来る子も多かったんだから！　性格も温厚で最高なのよ！』

『はぁ……それで新入生代表……ごめん、鼻血出そう』

『菅沼《すがぬま》君は……知らないなぁ』

『菅沼《すがぬま》君もよく見ると顔立ち整ってるよね』

『なんか対極だね、あの二人。王子様系と、野獣系っていうか』

『野性味があって、男臭くて、あたしこっちのほうが好みかも』

『いや、普通は高城《たかしろ》君でしょ？　あ、でもあの筋肉はちょっと触りたいかも』

『でしょーっ！』

色めき立つ女生徒に教師が咳払《せきばら》いをして騒ぎを鎮《しず》める。

誠司《せいじ》にとって騒がれることは日常だった。だからこれもまたいつものこと。心を騒がせるものではなかった。

しかし――拓真《たくま》については驚愕《きょうがく》を隠せなかった。

（この炎は……）

〝魂の火〟は虫なら米粒程度、人ならせいぜいこぶし大である。なのに拓真《たくま》は全身を燃やし尽くすほど巨大な青い炎に包まれていた。

誠司《せいじ》は新入生代表の挨拶を引き受ける際、拓真《たくま》について少しだけ聞いていた。

『満点を取った新入生がもう一人いるんだ。ただもう一人の子は他県出身でね。地元出身で、中学校で生徒会長をしていた君のほうが挨拶にふさわしいと判断したんだ』

特に期待もせず、軽く聞き流しただけだった。だがその炎を見て衝撃を受けた。

（世の中にはこんなやつがいるのか）

彼のことを知りたいと思った。他人に興味を持つこと自体、初めてだった。

司会者に呼ばれ、演台に向かう。誠司《せいじ》はマイクの位置を調整し、ゆっくりと語り始めた。

「新入生代表、高城誠司《たかしろせいじ》。暖かな春の訪れとともに、私たちは――」

誠司《せいじ》は高校にも挨拶にも思い入れがなかったため、無難に挨拶を行った。生徒や教師の注目より、拓真《たくま》に宿る炎のほうが気になったくらいだった。

そして終え、拓真《たくま》の横に戻って壇上から下りようとした、

――が。

「それだけじゃつまんねーだろ」

誠司《せいじ》の肩をポンッと叩《たた》き、拓真《たくま》が入れ替わりに演台に向かっていく。

その行動があまりに自然で、誠司《せいじ》でさえ一瞬固まり、その後我に返って振り返ったほどだった。

「あーあー、挨拶に指名されてなかったけど、せっかくなんで一言だけ」

司会者がプログラムを見直し、教師たちが顔を見合わせる。

その間に拓真《たくま》はマイクをスタンドから外し、右手に持って演台の前に移動した。

「たかしろーーーーーせいじーーーーーーーーっっっっ!!!!」

ハウリング音が響き渡り、絶叫が木霊《こだま》する。生徒たちが耳をふさぎ、頭を抱える姿を壇上から楽しげに見下ろしていた拓真《たくま》は、くるりと足先を誠司《せいじ》に向けた。

「おいおい、聞いたぜ！　何でもお前、勉強に運動、芸術から遊びまで何でもござれのチート野郎らしいじゃねーか！　その辺、ここにいるやつらも気になってるだろうから、自己紹介し

てくれよ！」

　拓真《たくま》がマイクを放り投げる。

　綺麗《きれい》に一回転したところで難なく誠司《せいじ》は摑《つか》み取《と》った。

　誠司《せいじ》は周囲の様子をうかがい、肩をすくめた。

「あー……菅沼《すがぬま》から無茶ぶりされて困っている高城《たかしろ》です」

　小さな笑いが起こる。それとは別に教師が動き出しているのを見て、誠司《せいじ》は告げた。

「先生が止めようとしているんで、手短に言うと――ボクは君がそんなに持ち上げるほどたいした人間じゃないよ」

　そう言って誠司《せいじ》が人のよさそうな笑みを浮かべると、黄色い声が上がった。

　しかし謙遜が過ぎて嫌味だ、という声もあった。嘘《うそ》くさい、いい子ぶりやがって、なんて声も少なくない。

　そんな中、明らかに周囲と違う反応を見せたのが――拓真《たくま》だった。

「マジか、お前……」

　目を見開き、信じられないとばかりに誠司《せいじ》を見つめていた。

　誠司《せいじ》は改めて微笑《ほほえ》み返した。

「いつもボクは本気で言っているのに、信じてもらえないんだ。でも君は、信じてくれるんだね」

「……そりゃチート野郎って噂《うわさ》のやつが、実は本気で自分のことをたいしたことないと思ってるなんて、普通ありえねーだろ」

「それよりボクは、君がどうしてこんなことを始めたか気になるな」

誠司《せいじ》は軽くマイクを投げた。ただし速度は投げ渡すというレベルではなかった。

先ほど拓真《たくま》が投げたときは、弧を描いていた。しかし誠司《せいじ》が投げたときは直線で飛んでいた。

拓真《たくま》の動きが脳裏に残っている分、多くの人間が虚を突かれ、突然の動きに身体《からだ》を硬直させた。

にもかかわらず拓真《たくま》に動揺はなく、悠々と受け止めていた。

「何でもナンバーワンだっていうから、調子に乗ってそうだなと思って、鼻っ柱を折ってやるつもりだったんだ」

「それで、感想は？」

「想像以上だ！　だからお前を俺のライバルに認定してやらぁ！」

今までの誠司《せいじ》なら一笑に付していた。なんて派手好きで、迷惑で、面倒なやつだなんて思ったかもしれない。

しかし今回、誠司《せいじ》は不思議なほどすんなり納得していた。

「それは光栄だな」

「お前ら、いい加減にしろ！」

教師たちが乱入する。拓真《たくま》はやべぇ、とつぶやき、肩をすくめて逃げ出した。

誠司《せいじ》の前を走り抜ける際、目で『お前も来るか？』と合図する。誠司《せいじ》は脳内会議を行い――

〇・一秒で答えを出した。

「――ああ、ボクも行く」

初めて行事をさぼったその日。初めてライバルができた日。

誠司《せいじ》は初めて〝魂の火〟以外で心が高鳴る自分を知った。

＊

それから誠司《せいじ》は拓真《たくま》のことを徹底的に調べ上げた。そして調べれば調べるほど衝撃を覚えた。

「いやぁ、なんていうか、こんなやつがいるんですね……」

雇った探偵は拓真《たくま》のことをそう評した。

拓真《たくま》は地方の県庁所在地で、警察官の父と看護師の母の間に生まれた。正義感の強い父と心優しい母の間で拓真《たくま》は何の問題もなく育つ。

拓真《たくま》誕生から三年後、妹香奈《かな》が誕生。しかし香奈《かな》は先天的に心臓に病気を持っていた。母は看護師をやめ、香奈《かな》に付きっきりになり、父も時間が許す限り香奈《かな》に寄り添った。そのためやや寂しい幼少期を送る拓真《たくま》だったが、しっかり者の兄としての自覚が芽生えていく。

才能を示したのは小学生になってから。柔道をやっていた父の勧めで柔道場に通うことになった拓真《たくま》は、小学三年生で全国柔道大会の小学生部門で優勝。小学六年生時点で非公式ながら高校生以下で負けなしだった。

「初の中学生でのオリンピック柔道金メダルを期待されたそうですぜ。だから今でも柔道関係者から時折復帰の誘いが来てるとか」

そう、拓真《たくま》はそれほどの才能を示し、期待されながら、中学一年生で柔道をやめている。

中学一年生のとき——父が痴漢の容疑で捕まったのだ。

近しい人間は冤罪《えんざい》であると思ったが、疑いを晴らすだけの証拠がなかった。

結果、拓真《たくま》の父は仕事を追われ、再就職を志すも冤罪《えんざい》がまとわりついてうまく行かず、半年後失踪する。

拓真《たくま》が強いショックを受けたことは想像に難くない。しかも母が香奈《かな》の看病疲れと重なったことで心身ともにすり減り、心を病むことになる。

「まあ、これほどの不運が重なったとなると、普通の中学一年生なら引きこもるか、悪い友達ができて夜の街をふらつくようになるんですがね……」

しかし拓真《たくま》は不幸に負けることなく、戦うことを選んだ。

柔道をやめ、プログラミングの勉強を始めた。そしてすぐに各種言語を身に付け、中学生ながら企業と外注の契約を結んだ。この収入により、拓真《たくま》は妹の入院費や母の治療費、自分の生活費等を賄っている。つまり中学生時点で家族を養っているのだ。

「頭の構造が違うんでしょうね。覚え始めて二年経《た》った今では、どこからも引っ張りだこのトッププログラマーらしいですよ。その間、成績を全く落とさず、母や妹の看病までしていたっていうから……ちょっと出来過ぎですよ」

さすがに部活や課外活動までは手が回らず、部活でいい成績を収めたり、生徒会長になったりはしていない。ただ校内では絶大な人気があったらしく、休み時間などには様々な生徒が相談に来たりしていたという。

「どうして高校からは東京に？」

「新しく契約した会社が外資で、報酬がかなり増えたことが要因のようですわ。東京のほうがいい病院があったから、高校生になるのを機会に引っ越したというわけのようです」

「なるほどね」

「……それと、入試について一つ話を聞きまして」

「何だろうか」

「彼、理科のある問題で正解と違った解答を書いたらしいです」

「しかし満点と聞いたが」

「どうやらそこに解説が書かれていて、最新の論文で否定的な見解が出たのでそちらを解答とすると記載したらしいんですわ。で、教師も驚いて調べたら、その通りだったため、従来の解答も彼の解答も、双方正解にしたというわけです。その論文、スペイン語だったらしいですよ？　気づくほうがおかしいですって。本人は妹の病気に関する論文を漁《あさ》っている際、偶然見つけたと言っていたようです」

誠司《せいじ》は探偵が帰った後も報告書から目が離せずにいた。

「こんなやつが同級生にいたなんて、ね……」

誠司《せいじ》は冷静に比較し、こう結論付けるほかなかった。

「負けた、か……」

誠司《せいじ》の両親は健在で、家は裕福だった。塾でも家庭教師でも望めばいつでも最高のものを用意できる。静かに勉強したいと言えば近くに一人暮らし用のマンションを借り、家事代行を雇うことさえたやすい。それに比べ、拓真《たくま》は勉強に集中できるような環境ではない。

加えて理科の解答。

同じ満点だったかもしれない。しかし言うなれば拓真《たくま》こそが真の満点。公正に見れば、負けを認めるほかなかった。

「ふふ、ふふふっ……」

敗北の自覚により、新しく生まれた感情があった。

——彼の友達になりたい。

そんな陳腐で、当たり前で、誇らしい感情を抱くのは初めてだった。

＊

「……え、お兄ちゃん、入学式でそんなことやってたの⁉　バカじゃないの⁉」

拓真《たくま》の妹——香奈《かな》の金切り声が病室に木霊《こだま》する。

拓真《たくま》はぷいっとそっぽを向いてごまかそうとするが、ギラギラと目を光らせる妹からの圧力は無視できないようだ。

「誠司《せいじ》さん、すみません。バカな兄で」

「まったくできた妹さんだ。傍若無人な君の血縁とは思えないよ」

「うるせぇよ！」

「どうせお兄ちゃんのことだから、入学式以外でもバカなことやってるんじゃないの？」

「や、やってねぇよ！」

「へぇ、君の中では剣道部に喧嘩《けんか》を売ったことはバカなことじゃないんだ」

「お、おい！　誠司《せいじ》！」

「……誠司《せいじ》さん、もう少し詳しく」

香奈《かな》が目を細め、声を低くする。

拓真《たくま》が口笛を吹いてごまかそうとしているのを横目に、誠司《せいじ》は概要を語った。

拓真《たくま》はたまたま剣道部員が行ういじめの現場を見てしまった。開き直ってごまかそうとする部員に対し、怒り狂った拓真《たくま》は勝負と称して喧嘩《けんか》を売った。

結果——

「拓真《たくま》は素人《しろうと》のようだったから、最初苦戦していたが、どんどんうまくなっていってね……。結局邪魔する人間を全員倒したあげく、力を持て余し、最後はボクが相手になったんだよ」

誠司《せいじ》は思い出す。そのときのことを。

交わされる竹刀。紙一重の斬撃。

ミリ単位でよけてカウンターを繰り出しても超人的な反射神経で避けてくる。そして二度同じことをやろうとするとすでに対応されており、さらに研ぎ澄まされた一撃が襲いかかる。

『っ、常道を無視して強引に打ってくる』

『段々と嫌なところを突いてきやがる』

「——強い！」

『——うまい！』

『『——でも、面白い！』』

竹刀を交わせば交わすほど、相手のことがわかる、不思議な感覚だった。

「……で、どっちが勝ったの？」

香奈《かな》の質問に拓真《たくま》は目線を逸《そ》らし、誠司《せいじ》は笑顔になった。

「ボクだよ。まあ拓真《たくま》は素人《しろうと》だからね。月一で剣道場に行っていたボクに一日の長があったかな」

「香奈《かな》、聞いてくれ。その剣道場でやり合ってた相手、去年の高校全国三位だぞ？　で、その全国三位、誠司《せいじ》の中学の先輩らしいが、誠司《せいじ》に勝てたことがないから、意地になって呼び出してるんだと。頭おかしいだろ？」

「それって、もちろんボクの先輩のことを指しているんだろ？」

「逆だ、逆！　どうして月一の練習で全国三位に勝てるんだよ！」

「別にたいしたことじゃないよ」

「かーっ、これ冗談じゃなくて本気で言ってるんだぜ？　嫌みなやつだろ？」

「君には言われたくないな。君のほうがもっとめちゃくちゃなことをやっているじゃないか？」

「何だと!?」

「ああもう、自重して！　二人ともでたらめすぎだから！」

……なぜか怒られた。

「まあ誠司《せいじ》さんは大丈夫だと思うけど、お兄ちゃんは無意識でとんでもないことやってることあるから！　ホント気を付けてよね！」

「いや、香奈《かな》、そんなことは……」

「絶対やってる！　じゃあ他に誠司《せいじ》さんに迷惑をかけたことはないって、わたしの目を見て言える⁉」

「お、おう……」

「ほらもう目が逃げてるじゃない！」

「ふふっ」

いつの間にか親しくなっていた。気がついたら家族ぐるみでの付き合いになって、さらに仲は深まり――月日はあっという間に過ぎていった。

＊

「ああ～、そんなことあったな～」

「初対面の女の子に怒られたのは、今でもあのときの一回きりだな」

誠司《せいじ》と拓真《たくま》は墓地を歩いていた。手には仏花、桶《おけ》、ひしゃくが携えられている。

「あれからもう二年か。早いものだね」

「本当にな」

二人はある墓の前で立ち止まった。

墓碑にはまだ新しい文字――『菅沼香奈《すがぬまかな》』の文字が刻まれている。

「ありがとな、誠司《せいじ》」

拓真《たくま》は水を墓石にかけつつ言った。

「香奈《かな》のことは、お前に随分世話になった。お前んちの病院に引き取ってもらえなかったら、香奈《かな》はもっと早く死んでいただろう」

香奈《かな》は十歳のときは十二歳まで、十二歳のときは十五歳まで生きられないと言われていた。

そんな彼女が先日死んだ。

病死ではない。病室から落ちて死んだ。警察は病気を苦にしての自殺と判断した。

「当たり前のことをしただけだよ」

「入院費も随分割り引いてもらった」

「友達価格というやつさ」

「それにお前は、香奈《かな》に優しくしてくれた」

「本当に惜しい子を亡《な》くした。香奈《かな》ちゃん、とてもいい子だったよね。それに賢かった。ボクが君以外で尊敬に値すると思ったのは彼女だけだ」

彼女は妙に達観したところがあり、拓真《たくま》とは別の次元で敬意を払いたくなる少女だった。

「俺、勘がいいほうでな。人が嘘《うそ》をついているかどうかって、だいたいわかるんだよ」

「知っているよ。入学式からそうだった」

「だから俺、わかってんだ。お前が心から香奈《かな》のことを温かく見守ってくれていたって。今も嘘《うそ》を一つもついていないって」

「そうか」

「――でも、香奈を殺したのはお前なんだな」

誠司《せいじ》は桶《おけ》を落とした。水が零《こほ》れ落《お》ち、砂利の上に吸い込まれていく。

硬直し、まばたきを繰り返した誠司《せいじ》はようやく状況を理解した。

そして嬉《うれ》しくて、思わず笑ってしまった。

「そうだ、ボクが香奈《かな》ちゃんを殺した――」

＊

気がつくと、誠司《せいじ》はほの暗い一室にいた。

地下だろうか。窓はない。明かりはランプとろうそくのみ。埃《ほこり》が舞い上がってすえたにおいが立ち込めている。

見渡す限り部屋を埋め尽くすのは悪趣味な調度品だ。古ぼけた大量の本、ガラス瓶に入った謎の液体、干物、巨釜……黒魔術の工房といった表現がしっくりくる。

床には魔法陣らしき絵が灰によって描かれていた。

（これは——）

誠司《せいじ》は思い出した。

そう、あれから——拓真《たくま》に妹を殺したことを告白し——その後、突如地面にこの魔法陣らしき文様が現れた。

文様は光を放ち、次の瞬間地面が溶け、身体《からだ》は地中に吸い込まれた。

その結果が、現在の有様《ありさま》だった。

（現代の技術ではありえない——）

だが事実は事実として受け止めなければならなかった。

（可能性としてあり得るのは……）

いわゆる異世界というやつだろうか。

調度品を見る限り、文明レベルが現代日本と比べて数段劣っているのは明らかだ。

しかしこの魔法陣。異世界と繋《つな》げたものがこれだとしたら、見下すには早すぎる。別の文明が発展した結果、現代日本では不可能なことが可能になっているのかもしれない。

並行世界？　異次元世界？　はたまた別宇宙という可能性もある。

誠司《せいじ》は異世界だとか、そんなことなどありえないと否定する気はなかった。むしろあるかどうか聞かれれば、大いにあり得ると答えるつもりでいた。なぜなら現代でわかっていることなんて宇宙の事象を百とするなら、せいぜい一か二くらいだと考えていたからだった。

「ようこそ、インストリアル王国へ。異世界の者よ」

背後からの声。

問題は明らかに聞き覚えのない異国の言葉なのに——意味がわかることだった。

(何だこれは……)

脳内で自動変換されているようだ。どういう原理でこんな現象が起きている？

(不思議な感覚だが——まあいい)

会話できるほうが都合がいい。現状デメリットが見当たらないならば、様子を見つつ、余裕があるときに理由を探ればいいだろう。

それよりも優先すべきは、未知の男への対応だ。

誠司《せいじ》が慎重に振り向くと、堂々たる偉丈夫が立っていた。

目を引くのは美しい金色の髪だ。この世界の人間では自然なのかもしれないが、男にしては髪が随分と長く、首の後ろで束ねていた。

黒のインナーに紺を基調としたロングコートのようなものを羽織っている。丈は膝くらい。ロングブーツは革製か。様々な部分に施された金刺繍《ししゅう》の美しさを見る限りかなり位が高いこと

ようなな知的な風貌だ。


がうかがえる。

年のころは三十前後。眼鏡といい、涼しげな瞳といい、鼻の先まで賢いと語っているかのような知的な風貌だ。

しかし学者みたいかと言われればまるで違う。

もっと毒が強い。人を従える威厳を天性で持っている。


――野心家。


その言葉が一番しっくり来た。

「ボクを呼び出したのはあなたですか？」

「ああ」

「あなたはこの国の王で、ボクに何かしらをさせるために異世界から呼びだした。それでよろしいですか？」

男は目を見開いた後、ゆっくりと嬉《うれ》しそうに口の端を吊《つ》り上《あ》げた。

だが油断してはいない。その証拠に左手が宝飾輝く剣の柄に添えられている。右手も下げているように見えて、どんな動きにも反応できるよう研ぎ澄まされている。

未知の人間に対する警戒。それは当然としても、少なくとも表情からは欠片《かけら》もその素振りを見せないところが素晴らしい。

なかなかできる男のようだ――と誠司《せいじ》は判断した。

「一つは当たりで、一つは外れだ」

「どちらが間違っていましたか？」

「私が王だというほうだ」

「おかしいな……。外れるとすれば、逆だと思っていたのですが」

「なぜ私が王だと思ったのだ？」

誠司《せいじ》は肩をすくめた。

「あなたが誰にも媚《こ》びない目をしていたからですよ。誰かに仕える人間ならそんな目を持っていない。少なくともボクの世界でそんな目をしていたのはただ一人だけでした」

「そのただ一人とは王なのか？」

「いえ、ボクと同じ学《まな》び舎《や》にいた者です。ボクの住んでいた国に象徴なる方はいましたが、王はいませんので。彼はそう……異端児だっただけです」

「お前も相当変わっているように見えるが、お前の世界では皆がそうなのか？」

「いいえ、ご慧眼《けいがん》の通り、ボクは相当に変わり者ですよ。世の中の平均値を中心として、全体の八割を『普通』とするのであれば、ボクは一番外れのほうにいる人間でしたから」

「不気味なやつだ……だがそれがかえって頼もしい」

男は巨大な青い宝石の埋まった剣を地に置いた。害意はないと判断した結果、自分も敵意がないことを目に見える形で示したのだろう。

「私の名はデュレル・イルハーン。インストリアル王国第一王子にして、宰相……そして、これから王になる男だ」

「ボクの名前は高城誠司《たかしろせいじ》。ごく普通の学生です、未来の国王陛下」

「タカシロセージ？」

「高城《たかしろ》が姓、誠司《せいじ》が名です」

「ならばこれからお前をセージと呼ぼう」

「ご随意に」

誠司《せいじ》は恭《うやうや》しく礼をした。

「それで、宰相閣下はボクに何をさせたいのですか？」

「私は禁忌の魔法によって、異世界から〝私の右腕にふさわしい者〟を召喚した。それがお前だ」

誠司《せいじ》は思わず笑ってしまった。

禁忌。そうか、禁忌か。それはそうだ。〝右腕にふさわしい者〟と言って、わざわざボクを選ぶとは。便利すぎる事柄には相応のリスクを伴うことがこの世のことわりだが、異世界でもそのことは変わらないらしい。

「右腕……抽象的ですね。具体的には何がお望みで？」

「私が王になるには障害が残っている。その障害をお前に消し去ってもらいたい」

「……なるほど。なぜボクが召喚されたのか、よくわかりました。どうやらボクの得意分野が活《い》かせそうです」

「私に仕えてくれるか？」

「残念ながらボクは誰にも仕える気はありません」

デュレルが一瞬、眉を吊《つ》り上《あ》げた。

相手がどれほど権力を持っていようと、最初から犬のように尻尾を振るのは性に合わない。

だが──

「しかし利害は一致していそうです。条件さえ呑《の》んでいただければ喜んで協力しましょう」

パートナーとしてなら構わない。

現在、知識も人脈もない。しかし後ろ盾があれば効率よく吸収でき、自由にやれるだけの力が手に入る。

自由……素晴らしい言葉だ。心に翼を与えるような、甘美な響きを持っている。

デュレルは目を見張り、ゆっくりと肩の力を抜いた。

「なるほど。誰にも媚《こ》びない目とはこういう目か。よかろう、それで十分だ。して、条件とは？」

誠司《せいじ》は上目遣いでデュレルを見た。

「――人を殺していいですか?」

唾を飲み込む音が聞こえた。デュレルの頰に一滴の汗が伝う。

驚き、焦《あせ》り、そして――歓喜か。

デュレルの瞳の色の移り変わりを察知した誠司《せいじ》は畳みかけた。

「実はボク……人が死ぬところを見ることが大好きなんです。元いた世界が嫌いではありませんでしたが、人を殺すことは大罪でしてね。そのため随分窮屈な思いをしました。しかし――ここならもっと羽を広げられそうだ。どうです、条件は吞《の》んでいただけるでしょうか?」

「ふふふ……はーっはっはっは!」

デュレルは額に手を当て、大笑いをした。

誠司《せいじ》は黙ってその姿を眺めていたが、デュレルはふと笑うのをやめると、誠司《せいじ》を見下ろした。

「言っておくが、この世界でも人を殺すことは大罪だ。お前はさぞ元いた世界では嫌われただろう」

「あいにくボクは人気者でしたよ。女の子からは〝いつも誠実な誠司《せいじ》君〟と呼ばれていたくらいですから」

「その美しい顔と語りに騙《だま》されていたというわけか。そちらの世界も愚か者ばかりなのは同じようだ」

誠司《せいじ》はにっこりと微笑《ほほえ》みかけた。

「それで、お答えをいただけますか？」

デュレルもまた微笑《ほほえ》んだ。

「では私はこう答えよう――〝私の邪魔となる者であれば、いくらでも。むしろ、その役割こそ期待していた〟」

「――素晴らしい。決まりですね。宰相閣下への協力、お受けいたします」

「契約は成立した」

デュレルが外見に似合わぬゴツゴツした手を差し出す。誠司《せいじ》はしっかりとその手を握りしめた。

異世界、か。素晴らしいじゃないか。日本では考えられない。アサシンとしての役割を期待されるだなんて……たまらないな。

これならもっとたくさん殺せる。もっとたくさん美しい光景が見られる。

誠司《せいじ》は下唇を舐《な》めた。

ああ、ここはまさに――ボクのような殺人鬼にとって、楽園と言える世界じゃないか。

第一章　ただ人を殺したいだけの怪物

＊

異世界召喚からしばらく経《た》った日の早朝。誠司《せいじ》はデュレルに呼び出され、王宮の外れにある庭園を歩いていた。

デュレル曰《いわ》く、役職が決まったから、上司を紹介するのだという。

（さて、どんな人物かな？）

扱いやすい者なら良し。ただ逐一邪魔をするような俗物なら――

誠司《せいじ》は葉の上を這《は》っていた幼虫を摑《つか》み取《と》ると、プチッと指でつぶした。

か細い青い炎が一瞬燃え上がってすぐさま消える。

その様を見て、誠司《せいじ》はくすくすと笑った。

「セージ・アイヒェンドルフ男爵ですね」

誠司《せいじ》がハンカチで指を拭っていると、身なりの整った老人が声をかけてきた。セージ・アイヒェンドルフはデュレルから与えられた名だった。

日本名では珍しくて他者から疑惑の目で見られかねないし、爵位がなければ侮《あなど》られかねない。

そのため与えられた名と爵位を誠司《せいじ》はありがたく受け取っておいた。特に爵位はあって邪魔なものと思えなかった。

「宰相閣下からご案内を命じられております。どうぞこちらへ」

「ああ、そうだが」

「ありがとう」

色彩豊かな花々を横目に、誠司《せいじ》は執事の案内で奥へと進んでいった。

「ブレクニー庭園は初めてでございますか？」

「ああ。ただ文献では読んだ。ブレクニー庭園は四代前の王、クレデリック・イルハーンが造成し、こよなく愛したものだ。クレデリック王は特に古今東西のバラ蒐集《しゅうしゅう》には目がなく、あまりにブレクニー庭園を愛したがために国を傾け、〝庭園王〟という不名誉な名前で知られている……あっているだろうか？」

「遠方からの客人とお聞きしておりましたが……説明することはないようですな」

「文献ではわからないこともある。宰相閣下は昨今予算の見直しを行い、大胆な予算削減を行われたと聞いたが……なぜこの庭園は手つかずなのだろうか？」

〝庭園王〟の実例から明らかであるように、大規模庭園の維持は莫大《ばくだい》な費用がかかる。デュレルが有能であれば、見過ごすはずがない支出だ。

外交のために必要な特殊事情があるのか、個人的思い入れがあるのか……知っておきたい情報だった。

「…………」

執事にためらいがあるのを見て、誠司《せいじ》は人がよさそうと言われる顔を悲しそうに歪《ゆが》ませた。

「すまない。実は先日、庭園の予算を削減しなかったことの不満をたまたま耳にして……。宰相閣下のために反論しようと思ったのだが、事情がわからず、何もできなかったことが悔しかったのだ……」

「そうでしたか……」

執事は目を細めた。どうやら好意を持ってくれたらしい。

「私程度の者に宰相閣下の真意はわかりませんが、この庭園は亡《な》くなられた奥様……エリス様が愛された庭園。そのことが影響しているのではないか、と……あ、いえ、話しすぎましたな」

「いや、話してくれてありがとう」

素晴らしい情報だ。

合理的な男の、合理的でない部分。それは心の弱いところを示している。

(この情報は無駄にはしませんよ、執事殿。あなたにとって望まざる結果になるかもしれませんが……)

そんな話をしているうちに、小高い丘の頂上に休憩所が見えた。

王族とその賓客のみが立ち入れる聖域。そんな庭園の花形がこの休憩所で、円形状の屋根を持つ建物からは庭園を一望できた。

休憩所では二人の人間が朝食を摂《と》っていた。その姿を視界に捉えると、執事は無言で頭を下げて反転した。

一人はデュレル。もう一人は小さな少女だった。

恐ろしく顔立ちが整った少女だった。碧眼《へきがん》に、腰まで伸びた金色の艶やかな髪。くっきりとした目鼻は白魚のように透き通る肌を彩《いろど》り、見る者をハッとさせるだけの美を持っている。五年……いや、三年も経《た》てば男たちが群がるだろう。

ふと、誠司《せいじ》はあることに気がついた。ただしそれはすぐに判明することであるため、ひとまず様子を見ることにした。

「来たか、セージ」

デュレルがフォークを置き、立ち上がった。

親しげに両手を広げて近づいてきたため、応じる形で誠司《せいじ》は一礼した。

「本日はお招きいただきありがとうございます、宰相閣下」

「そんな挨拶などよい。私とお前の仲だろう？」

「そう言っていただけて光栄です、閣下」

休憩所にいた少女は、当初流し目を送ってきただけで素知らぬ顔をしていたが、我慢できな

くなったのだろう。警戒しつつ近づいてきた。

「お父様、何の話をしていらっしゃるのですか？　それに、その珍しい白髪の者は？」

やはり娘だったか。

髪と瞳の色が同じであったし、どこかデュレルの面影があると感じていた。

（この少女が〝宮廷の宝玉〟シンシア・イルハーンか――）

噂《うわさ》に聞こえし性格を確かめるべく、誠司《せいじ》はすかさず前に出て丁重に頭を下げた。

「あなたがシンシア王女でしたか。数々の噂《うわさ》は耳にしております」

誠司《せいじ》は最高級の笑みを浮かべた。これで大概の女性は気を許し、時には恋にも落ちてきた。

だがシンシアは不快げに目を吊《つ》り上《あ》げただけだった。

好印象ではないことを誠司《せいじ》は感じ取っていたが、相手の反応を試すべくあえてそのまま続けた。

「周辺国にまで謳《うた》われし〝宮廷の宝玉〟、僅か十二歳で帝王学をすべて修めた〝インストリアルの美しき賢姫《けんき》〟――この目で拝見できて光栄です。本来なら宮廷でドレスを身にまとい、歌と踊りの稽古をしていればいいにもかかわらず、誰よりも民のことを想《おも》い、国の重職に就いて汗水垂らしているとの話を聞き、とても感動しました」

「……ふーん」

溢《あふ》れかえる美辞麗句に、シンシアは溺れるどころかより冷めたようだった。

「わたし、甘い言葉で近寄ってくる人を信用しないことにしているの。あなたのように綺麗《きれい》な顔立ちをしている人であればなおさら、ね。態度が悪かったらごめんなさい」

「これは手厳しいお言葉。肝に銘じておきます」

「ふふっ……」

デュレルが吹き出した。

「あーっはっは、これは面白い。いや、こうなるかとは思っていたが、ここまでやってくれるとは……期待以上だと言っておこう」

「お父様！　どこが面白いのですか！」

「シンシア、よくこの男の顔と語りに騙《だま》されず、自分を貫いたな。偉いぞ。さすが我が娘だ」

デュレルはシンシアの小さな頭を撫《な》でまわした。

「お父様！　もうわたしは十三歳です！　子供ではありません！」

「はっはっは！　そう言うな。父が娘を褒めるときはこうするものだ」

誠司《せいじ》は目を丸くした。

デュレルにこんな親馬鹿の一面があったとは意外だった。シンシアも人前であることもあって照れているが、嫌がっている感じはしない。

仲むつまじい親子、か。これは僥倖《ぎょうこう》だ。仲が悪くても利用しがいがあるが、仲が良《い》いほうが打てる手は多い。

シンシアはデュレルの手をはねのけ、父をにらみ上げた。

「それでお父様、この方は誰ですか？　休憩所まで連れてくることから特別な方であることは察しますが、まだ紹介していただいておりません」

「ああ、そうだったな」

デュレルは真剣な表情に戻し、手を誠司《せいじ》に差し向けた。

「セージ・アイヒェンドルフ男爵。十八歳。私の異父弟だ」

「……へ？　お、お父様に異父弟がいらっしゃったのですか⁉」

シンシアが大きな瞳をパチクリさせると、デュレルは一度小さく頷《うなず》いた。

「お前も知っての通り、私の母は貧しい農民の生まれだ。貧しさゆえに王宮へ宮仕えとして出されたが、美しかったがために父の若き過《あやま》ちがあり、私を出産した。しかし寵愛《ちょうあい》は長く続かず、父の正式な婚礼後、すぐに離宮へ追いやられた。その離宮を管理していたのがアイヒェンドルフ男爵だ。そこで不義の恋愛が行われ、生まれ落ちたのがセージというわけだ。だから王位継承権はない」

「そ、そんなことが――」

「あまり表立って言えることではないため秘匿されていた。だが私が実権を握った今、血を分けた異父弟が不遇の身にあるのを捨て置けなくてな。この機会に登用することに決めたのだ」

「そんなことが……。そうなると、わたしの叔父になるということですね。全然知りませんでした……」

「そうだろう？　なかなかいい設定だとは思わないか？」

「はい――――って、んんっ⁉　設定⁉　ですか⁉」

デュレルは朗らかに笑った。そこに以前見せた怜悧《れいり》な野心家の姿はなかった。

「はっはっは、信じたか？　迫真の設定だろう？」

「じゃ、じゃ、じゃあ、このセージ・アイヒェンドルフ男爵とは何者なのですか⁉」

「私が特別に異世界より召喚した者だ」

シンシアの顔色が変わる。誠司《せいじ》から距離を取り、唾を飲み込んだ。

「異世界から召喚など……わたしも少なからず魔法に精通していますが、そんな魔法、聞いたことがありません」

「魔法の中でも邪《よこしま》のもの。禁忌、と言われている代物だからな」

「そんな……それでは危険が！」

「あるかもしれない。ないかもしれない。しかし私は使う必要があった。あいつに勝つために」

あいつ……？

誠司《せいじ》はここ一週間で探ったデュレル関連の主要人物を脳内から掘り起こした。

デュレルがここまで言う人物となると、一人しかいないか。

　――アシュレイ・イルハーン。

　救国の英雄。無敗の名将。〝十英傑〟に挙げられる、世界最強の一人。インストリアル史上最高の魔法剣士にして守護神。民から崇《あが》められるカリスマ。

　そう――デュレルの腹違いの弟だ。

「お父様のおっしゃることはわかります。ですが、だとしても、それほどの危険を冒さなければならないのですか？」

「現状、どちらが勝つかは五分五分だ。しかし私は絶対に勝たなければならない。他の者が相手ならば私は敗北しても甘受しよう。だがあの男にだけはダメだ。血にまみれ、泥水をすってでも勝つ必要があるのだ。なのに命を惜しんでどうする」

「それはその通りなのですが……」

　デュレルの語りには、特別な感情が込められている。

　憎しみか、それとも競争心か。

　いずれにせよデュレルにとってアシュレイは特別な相手のようだ。

　ただ引っかかるのは、シンシアがまるで共感していないところだ。

　デュレルは『王になるには障害が残っている』と言った。障害とは、弟であるアシュレイであることは間違いないだろう。

なのにシンシアの危機感は薄い。父のライバルなら同様に敵視していてもおかしくないものだが。……深く探ってみる必要がありそうだ。

「お前がそんな調子でどうする。私が敗れればお前もただでは済むまい。覚悟を決めろ」

「……はい」

気の強いシンシアも父には弱いらしい。あっさりと矛を収めた。

しかしすぐさま矛先をこちらへ変えた。

「それで、この異世界から来たという男……セージ、でしたか？　お父様の期待に添えるような人物なのでしょうか？　見たところ顔と媚《こ》びが売りのようですが」

どうやら王女様には随分と嫌われてしまったらしい。ちょっと美辞麗句を並べた程度でこの有様《ありさま》とは、褒められすぎて嫌気がさしているのか、潔癖症なのか、その両方か。

「どれほどの才覚を持っているかは未知数だ。しかし一か月で主要な本を読み、しかもその要点を完全に把握する程度の頭脳はある」

「へっ――主要な本と言うと、十冊ぐらいですか？」

「まさか。百冊はゆうに超える。年代、主要人物、条約名、法律の内容……天文から地理にいたるまで様々な本を読ませたが、完全に覚えていた」

「興味深かったのは、『魔法』に関してですね」

どうやら人間には誰でも『魔力』と呼べる力があるらしい。魔力を持つ量は人それぞれで、一定以上の魔力を持つ者が『魔法』を使える。

「ボクには魔力がほとんどありませんでしたが、文献を確認したところ、異世界から来た人間のほとんどが魔力を持っていないようです。この原因は何なのか、気になっています」

魔力とは『何にでも変換できる透明な粘土のようなもの』らしい。

ここで重要なのは、魔力があくまで当人の肉体から出たもの、という点だ。つまり『何もないところから急に風を起こす』ということは不可能だという。

例えば炎は出せるが、指とかから。肉体から離れた場所で出すには仕掛けがなければ不可能。まあゲームのように何もないところから炎が出せるのであれば、身体《からだ》の中で炎を起こすことで簡単に相手を殺せるのだ。魔力が存在する世界における当然の摂理だろう。

「今のところこの世界の住人は、ボクのいた世界の人間とは違う臓器を持っている可能性が高いと思っていますが……」

「違う臓器、ですって……？」

「魚が水の中で呼吸できるのはエラがあるからです。別の力を持つということは、肉体に別の仕組みを持つと考えるのは普通のことですが」

シンシアは露骨に顔を歪《ゆが》めた。気持ち悪い話をするな、ということらしい。

「私とこの世界の方々は、同じ『人間』の外見をしています。また私の世界と同じ程度の重力、気候であり、素材は違えど食事内容も変わらない。物理法則も『魔法』という要素を抜けば変わらないと言っていい。その『魔法』さえ一部手段が違うだけで、世界を変えるほどの力はない」

例えばここに来たとき、異世界なのに言葉がわかった。これは凄《すご》いことだが、時間をかけて勉強すればできるようになることだ。

もちろん違う言語をすぐに話せるなんて素晴らしい魔法と言える。

しかし確認してみると、国に数人いるかどうかの卓越した魔法使いが、何十日もかけて成し遂げられる魔法とのことだ。つまり簡単にできることではなく、それだけの代償――『才能』『技術』『時間』が必要となってくる。つまり世界の法則に反するものではない。

ただ――〝異世界からの召喚〟、これは現代でも不可能なことだ。

この辺りをもう少し調べたいところだが……。

「まったく違う世界なはずなのに、一致することが多すぎる。遺跡の研究でもさせていただければ、もう少し解明できるのですが……」

デュレルが頭《かぶり》を振った。

「私はそんなことをさせるために召喚したのではないぞ」

「わかっております。一種の冗談のようなものです」

しかめっ面《つら》をしていたシンシアが、切り裂くように告げた。

「あなた、そうやって突拍子もない仮定で驚かせて、賢い振りをしているだけじゃないの？　本をたった一か月で百冊以上読んで、しかも覚えている？　ありえないわ！　最初から知っていたんでしょう？」

ふふっ、鼻っ柱の強いお姫様だ。さてどうしようか。

「こればかりは信じてもらうほかありませんね」

「嘘《うそ》ばっかり！　わたしはあなたのペテンに騙《だま》されないわよ！」

このままへりくだって誠実さをアピールすることもできる。

だが――こういうタイプには、こうしてやるほうが効果的だ。

「〝インストリアルの美しき賢姫《けんき》〟と呼ばれる方も、この程度ですか」

「なん、ですって……？」

シンシアの端整な顔が見る見るうちに怒りで染め上げられていく。

誠司《せいじ》は涼しい顔で悪魔的な笑みを浮かべた。

「ボクにとっては大したことはないのですが、シンシア様には大層凄《すご》いことのように感じられたようで驚いてしまいました。賢姫《けんき》とまで呼ばれている方なので、それがとても意外だった、と申し上げただけです」

「あ、あ、あなたね――っ！」

「やめろ」

デュレルが仲裁に入った。

「セージ、挑発のしすぎだ。シンシアの言葉に棘《とげ》はあったが、仮にも私の娘だ。相応の礼儀を払ってもらおう」

「おっしゃる通りで。申し訳ございません」

「シンシア、セージは私の部下ではない。客人だ。態度に気をつけろ」

「お、お父様、しかし……」

「シンシア、お前は賢い。民にも優しい。しかし少々頭が固いところがある。だからセージから柔軟な思考を学べ。部下から学ぶことも王になるためには大事なことだ」

「はい、お父様――って、部下⁉」

シンシアはデュレルと誠司《せいじ》の顔を二、三度見返した。

デュレルはシンシアに言っていなかったのか。デュレルにはどうも人を驚かせて楽しむところがあるらしい。

「シンシア、お前には今日から、特務親衛隊の隊長の任についてもらう」

「特務……親衛……？　そのような隊は聞いたことがありませんが」

「新しく作るのだ。私の直轄する部隊だ」

「任務はどのようなことを？」

「私の手足となり、情報収集や情報操作を行うのが仕事だ」

「情報収集なら内務局が行っていますが」

「それでは足りない。もっと深く、民の息遣いから他国の密談まで、あらゆる情報を集める必要がある。そのための優秀な人員は集めてある」

「確かに内務局の仕事ぶりは形骸化している傾向にありますが……わかりました。確かにどのような状況になろうとも、これから情報がより重要になることは必至。さすがお父様です」

「だが、それは表の仕事。特務親衛隊の仕事の一つに過ぎない」

「えっ？」

デュレルが冷徹な為政者としての顔となる。

よぎるのは恐怖か、尊敬か、いずれもか。

シンシアは半歩下がったが、そのまま踏みとどまり固く口を結んで見上げた。

「つまり、公にはできない裏の仕事もまた任務の中にあると、そういうことでしょうか？」

「よく読み取った。その通りだ」

父に褒められ、シンシアは年相応らしい笑顔を見せた。

「だがお前に裏の仕事を託すことはできない」

「お父様、お言葉ですがわたしは必ず果たしてみせます！」

「いや、お前にできるできないの話ではない。お前は自らの手を汚してはいけない。裏の仕事とは、そういうものだ」

「ならばなぜわたしの部隊にそれをやらせるのですか？」

「やらなくても、知っていなくてはならないからだ、人の上に立つ者として」

誠司《せいじ》は納得した。

なるほど、やらされるのは大きく分けて二つのことか。

一つはデュレルの邪魔者の排除。いわゆる裏の仕事だ。これはすでにわかっていたことだ。

もう一つは頭の固い王女様の教育。

確かに将来国を担《にな》うというのに、正しいことしか行えないのではダメだ。裏のことにも精通しなければならない。だがデュレル本人が見せれば、正義感の強い娘に嫌われてしまうかもしれない。だから別の人間にやらせようとしている、というわけか。

デュレルは本当に親馬鹿のようだ。それとももっと深い意味が込められている？　うがちすぎだろうか？

「副隊長はセージだ。裏の仕事はセージに全権を託す。お前は監督役だ。うまく使ってみせろ。どう使うかで器量が知られると思え」

「わ、わかりました……。それがお父様の意思であれば……」

「セージも役割は認識したな？」

これは王女の教育も仕事の内だぞ、と確認を込めて告げているのだろう。

面倒だとは思うが、拒絶するほどでもない。やむを得ない、か。

「承知いたしました」

「ならばいい」

ここでようやくデュレルは表情を和らげた。

「じゃあお前たち——奴隷を買ってこい」

「はっ？　奴隷？」

シンシアがポカンと口を開ける。

「今日は奴隷市場の開催日だ。セージ、お前は私に『忠実で決して裏切ることなく、それでいて世界の文化や常識に関する知識もあるような奴隷が一人欲しい』と贅沢《ぜいたく》な注文を出していたな？」

「ええ」

誠司《せいじ》は身近の世話をする者たちから、デュレルの気配を感じ取っていた。

すべてを観察され、報告されている。そうなると自由に動きづらく、気も休まらない。そのため出していた希望だった。

「そこまで好条件となると最高級品だ。今日はアークスラ王国の戦争奴隷が流れてきているらしい。金に糸目をつけなくていいから、好きな者を買ってくればいい」

「それならわたしは同行する必要がないのでは？」

「セージにとって街は初めてだ。案内がいるだろう。それに隊長と副隊長、多少仲を深めてもらいたいという意図もある」

「……わかりました。お父様が言うなら」

シンシアは父に頭が上がらないようだ。貴重な情報と言っていいだろう。

「ついてきなさい。遅かったら置いていくわよ」

そう言ってシンシアは先頭を切って歩き始めた。

誠司《せいじ》はデュレルに一礼し、シンシアを追った。

あえて一歩下がった位置で止まり、シンシアを観察する。

……やはりなかなかの意志の強さだ。

この世界に来て、もっとも〝魂の火〟が大きいのはデュレル・イルハーン。拓真《たくま》と比べれば劣るが、他に比較対象がいないほどの火の強さだ。

この二人を別格とすれば、シンシアもなかなかのものだった。異世界で見た中では有数と言っていいレベルにある。

「…………」

誠司《せいじ》は無意識的にシンシアの首元に手を伸ばした。

「なに？」

突如シンシアが立ち止まって振り返る。

誠司《せいじ》は慌てて伸ばしかけた手を引っ込めた。

「いえ、虫が飛んでいたもので」

「そう。もしわたしに何かしようというのなら、相応の覚悟をしてちょうだい。わたしは優しい人間でありたいと思っているけど、不埒《ふらち》な人間には容赦をするつもりはないから」

「ええ、よく覚えておきますよ、シンシア隊長」

おっと、いけない。異世界に来て気が緩んでいるようだ。目の前のごちそうについ気を取られてしまった。

今、シンシアを害するのは間違いなく悪手だ。物事は長期的に見なければならない。

やるなら短慮を起こさず、もっともっと大きく育て、その上で深く策を巡らせ、まるで運命かのごとく死に至らせるのがふさわしい。

付き合いが長くなるか短くなるか。

未来はわからないが、それまではよろしくお願いしますよ、隊長殿。

＊

シンシアは不機嫌だった。

不快になる要素はいくつもある。

一つ目は、数日前に突然今まで精励していた仕事を後任に引き継ぐように言われたこと。

これは新たに特務親衛隊の隊長になるためと今日判明したが、父はあえて隠しており、そのせいで後任の貴族から『宰相閣下もお姫様のお遊びをそろそろ終わりにさせるつもりなのだろう』などと陰口を叩《たた》かれた。

何がお遊び、よ——とシンシアは心の中で舌打ちした。

民のために堤防を造ることが遊びなわけがあるはずないじゃない。どれだけ専門書を読《よ》み漁《あさ》り、技術者と検討し、お金を国庫から引き出すための交渉を重ねたと思っているの。最後の抵抗として横領できないよう金庫の金をすべて業者に前払いで渡しておいたけれど……それだけで腹の虫がおさまるわけでもない。

二つ目は、現在歩いている場所が不衛生であること。

奴隷は劣悪な環境で運ばれる。よく見せるために売り物とする前に水洗いをさせていると聞くが、こびりついたにおいまでは簡単に落ちない。建物も通常時は浮浪者が集まる粗末な小屋の集まりであり、衛生的とはお世辞にも言えない。加えて奴隷を買おうとやってきた貴族の香水のにおいが入り混じり、耐えがたい悪臭となっている。

三つ目は、そもそも奴隷市場自体が不愉快であること。

いくら貧しさゆえに身を落としたり、戦争に負けたから捕らえられたりした者だとしても、そもそも人が人を売り、買うという状況が嫌いだった。

そして、最後に……これが最大の不快な理由。

それは――

「これが奴隷市場ですか。実に興味深いですね」

嫌な男の案内をしなければならず、今後部下として付き合っていかなければならないこと。

ここまで不快なことが重なれば、神様の前であってもため息の一つくらいつきたくなるというものだった。

「あら、あなたの世界に奴隷市場はないのかしら?」

誠司《せいじ》はこちらが不快になっていることに気がついているだろうに、まったく意に介さず爽やかな笑みを浮かべた。

「残念ながらボクの世界に奴隷はいません。もちろん奴隷的な人間はいるでしょうし、人の売り買いもされているのでしょうが、少なくとも表立っては禁止されています」

「……そんなこと、可能なのね」

「歴史の積み重ねが違いますので」

「……社会システムもそうだけれど、技術も随分違うようね。あの、蒸気機関、だっけ? その辺り興味があるわ」

誠司《せいじ》の世界は、魔法がない代わりにこちらの世界より随分技術が発展しているようだった。

食べ物を冷やし、凍らせる箱。馬よりも速く走り、疲れない鉄の乗り物。王宮よりも遥《はる》かに大きい建築物。

その一つがあるだけでも、国は大きく変わるだろう。いちいち端正な仕草が鼻につく不快な男ではあるが、話の内容自体は非常に興味深く魅力的だった。

誠司《せいじ》は微笑をたたえたまま、首を左右に振った。

「申し訳ございませんが、これ以上技術の話をする気はありません」

「なぜ？　あなたはお父様に協力しているのでしょう？　なら国を発展させるための技術を提供すべきよ」

「あいにくボクはただの学生でして。技術者ではありません」

「その自慢の頭脳には入っていないというわけ？」

「まあ製造に携わったことがないとはいえ、実のところ知識自体は持っています」

「なら――」

「話さないのは、個人的事情です」

「あなたの知識によって、多くの人が救われるのよ。個人的な事情とは代えられないと思うのだけれど？」

「隊長のおっしゃることは正論です。ですがボクの世界には、こんな言葉があります。――〝人が人でいられたのは、剣で殺し合っていたときまでだ〟」

剣で人が殺し合わないというのなら、何で殺し合っていたのだろうか？

シンシアにはまるで想像がつかなかった。

「意味がわからないですよね？　ボクの世界ではこう出っ張りを押すと、人が数十万……いえ、百万人以上も死ぬような爆発物が発射される装置があり、なおかつその発射物を正確に目標に当てる技術があります」

「ひゃ、百万人以上……!?」

桁が違い過ぎる……。戦争というものが、もはや戦争以外の何かになってしまっている。

「まあそれはボクの世界でも最大の兵器なのですが、個人のレベルでも、手の平サイズで鉄の弾を出す武器があり、それを使えば十歳の子供であっても屈強な男に勝てます。そんな武器が、道端の店で買える国もあります」

「それで平和はあるの……？」

「単純な比較は難しいですが、まあボクの世界のほうが平和でしょうね。寿命は間違いなくこちらより長いですよ。医学も発展していますから」

「……想像がつかないわ」

想像を絶するとはこのことだろう。言っていることが理解できない。

「『死』に重みがあるとすれば、それはどの時代、どの場所でも変わらないでしょう。でも、人を殺したときの実感は、剣で戦う時代と、ボクの生きていた時代ではまるで違うでしょうね。先の言葉は、そのことを意味しているのだと思います。そしてボクは、その実感を大切にしたいと思っています。だから技術は伝えないつもりです。まあ、時と場合に応じて解禁するかもしれませんが、期待はしないでください」

「本当は教えられないんじゃないの？」

無駄とは思いながらも、シンシアは挑発してみた。もしこれで誠司《せいじ》が怒って教えてくれるなら儲《もう》けものだった。

とはいえやはり誠司《せいじ》はこんな単純な挑発に乗るような単純な男ではなかった。

「できないことをやろうとするのは無謀で愚かなことだと思いますが、できることをやらないのは個人の選択であり、自由だと思いませんか？」

誠司《せいじ》はいつくしむように右手を胸に当てた。

「ボクは自由を愛しているんです。だからどう思われても、教えるつもりはありません。まあそれでも、役に立ってみせますよ」

「……ふんっ、もういいわ。好きにしなさい」

シンシアは誠司《せいじ》の顔が視界に入らないよう前に出た。

気に食わない。何もかも気に食わない。

完全に舐《な》められている。足元を見られていると言い換えてもいい。

でももっと不快なのは、自由を愛する心に同調する部分が少なからずあることだった。

次代を担《にな》う姫として育てられたシンシアに自由はなかった。義務と責任と誇り。この三つを心に生きてきた。

でも自由への憧れと渇望《かつぼう》はある。そのため自らの力だけで自由を勝ち取り、思うがまま動くこの男を羨ましいと思ってしまった。

まさに、屈辱だった。

「おっと、隊長。危ないですよ？」

頭に血が上っていたため、正面にいた屈強な男とぶつかりかける。その危ういところで腕を引かれ、にらまれはしたものの、声をかけられず無事やり過ごすことができた。

「お気をつけください。身分が身分なのですから」

「……わかっているわ」

弱みを見せてしまったようで、苦い感触がシンシアに広がった。

「しかし誰も声をかけてこないのですね」

「正装をしていれば別だろうけど、こんな服ではわたしの正体に誰も気がつかないわよ」

文官服は機能性を重視した地味なもので、可愛《かわい》らしさなんてあったものではない。

「でもまあ護衛もいないし、このほうが気楽でありがたいわ」

誠司《せいじ》はくすりと笑った。

「まったく隊長は賢いように見えて時折抜けているから可愛《かわい》らしいですね」

カーッとシンシアは紅潮した。

「な、な、どこが抜けててどこが可愛《かわい》いって言うのよ！」

すると誠司《せいじ》はいきなり振り向き、指をさして一、二、三……と数え始めた。

「……五、と。護衛は五人ですよ。皆さん、なかなか腕が立ちそうです」

「へっ？」

言われて頭が真っ白になった。

「周囲を見渡すと、いつも同じ顔が見えるんですよ。彼らは隠しているが、しっかりと武装はしている。隊長の護衛以外に考えられませんね」

「そんな……」

父は社会勉強だと言って護衛なしで街を歩くことを許してくれていた。しかし実は——こっそり守られていたというのか。

「ついでに言えば、十三歳の少女が文官の服を着ている。この時点で随分目立ちます。それが目を引くほど美しければなおさらです。隊長は人の視線を気にしないタイプなのですね。さっきからよく振り返られていますよ」

「う、嘘《うそ》!?」

「放っておいてくれるのは、ボクのような出自不明の男が傍《そば》にいることもあるのでしょうが、民自身が隊長を尊重してくれているからでしょうね。愛されていることがわかります」

「ど、どうしてそこまでわかるの？」

「むしろ周囲の人間が誰も言わなかったことにボクは驚きですよ。ふふっ、滑稽だな。玉のように大切にしても、いずれ知れることなのに」

ぞくり——と背筋に悪寒《おかん》が走った。

誠司《せいじ》には得体のしれない不気味さがある。しかし貴重な男であることをシンシアは認識した。

姫である自分にここまで遠慮のない物言いをする男なんて今までいなかった。

それは時に聞きたくない事柄かもしれない。しかし聞きたいことだけを聞いて成長できるはずがない。

さすがお父様。わたしにこの男をつけたことには意味がある。ならばあらゆる事柄を吸収し、そしてなるのだ。父の期待に応えられるような、立派な後継者に。

シンシアは大きな舞台がある場所で立ち止まった。

「ここが目的の場所よ。ここに最高級の奴隷が集まるの。以前お父様が教えてくれたのよ」

当時は十歳だった。

『こういう人間もいることを覚えておきなさい』

そう言って父は奴隷市場を案内した。王宮や街の一部しか知らなかったため、その夜、怖くて眠れなくなったことを覚えている。

「出されているのは四人ね」

檻《おり》の中には奴隷服を着た四人の奴隷が詰められ、簡単な経歴や能力の説明が首から下げられていた。

一、五十二歳。男。アークスラ王国の元学者。歴史と詩に精通。
二、二十五歳。男。アークスラ王国の元小隊長。屈強な身体《からだ》と優秀な剣技を所持。
三、十五歳。女。出自不明。美しく長い水色の髪の少女。処女。
四、二十三歳。女。出自不明。燃えるような赤髪。初級魔法使用可。

「ほう……」

誠司《せいじ》は興味深げに眺めた。

「誰が一番高いのです？」

金額は書かれていない。すべてセリで決まるためだ。

「一般的には魔法の使える女性でしょうね。魔法使いの血はとても貴重だから」

「魔法は確か魔法使いの血族しか使えないのでしたね？」

「ええ。時折一代限りの魔法使いもいるけれど、ほとんどは血族よ。この女性はたぶんいいところの生まれね。魔法使いは基本的に貴族しかいないから」

「残り三人が高級品なのは、知識があること、腕力があること、若く美しいこと、これらが理由ですか？」

「でしょうね」

わかっていても痛ましい、とシンシアは思った。

本当ならこんな奴隷市場なんて廃止してしまいたい。やはり人間が人間を物扱いすることは醜悪に思えてならない。

「こんな場所、壊してしまいたい……なんて思っていそうなお顔ですね？」

心を読んだかのように、誠司《せいじ》が言った。

「……ええ、その通りよ」

「廃止できない理由、利益が大きいからですか？」

「……そうね。年にもよるけど、国の収入の一割に達することもあるわ」

「戦争においてもっとも確実に得られる戦利品は人間ですからね。宝や技術は紛失する可能性がありますし。効率的なシステムなんでしょう、人間の営みから考えれば」

「……それで、あなたは誰が欲しいの？」

シンシアはあえて話題を変えた。掘り下げたくない話題だったためだ。

「あなたの条件は『忠実で決して裏切ることなく、それでいて世界の文化や常識に関する知識もあるような奴隷』だったかしら？」

「さすが隊長、素晴らしい記憶力です」

「簡単な経歴を見る限りでは学者と魔法使いが該当しそうだけれど？」

学者ならば世界の文化や常識に関する知識があるだろう。魔法使いの女性はおそらく身分が高い。専門でなくてもそれらの知識を有している可能性が高いだろう。

「そうですね、優先候補としてはその二人ですが……」

「何か問題でも？」

「忠実で決して裏切ることがない、というのが不可欠な条件でして。これがかなえられなければ、どれほど知識があっても買う気はありません。逆に裏切る心配がなければ知識が落ちても買いたいところです」

「なら、どうするのよ。人の心を見透かす道具が異世界にはあるのかしら？」

人の心を見透かすなんて魔法を使っても無理なことだ。

「隊長なら誰がいいと思います？」

試されていると感じたシンシアは、俄然《がぜん》やる気になって選んだ。

「学者がいいと思うわ。あの細い腕なら反抗されても怖くないし、体力の劣る自分をわかっているでしょうから、自制が利《き》くでしょうね。もちろん年を取っていることは奴隷としてマイナスだけれど、裏切るか否《いな》かの一点を見ればプラス要素と言えるわ」

誠司《せいじ》はにっこりと微笑《ほほえ》んだ。

「なるほど。参考になりました」

「で、誰にするの？」

「これからお見せしますよ」

そうこう話している間にセリの開始となった。

檻《おり》から出された四人の奴隷が舞台の上に並んで立たされ、大勢の観客の視線にさらされる。

商人が舞台に上り、声を張り上げた。

「さあさあ、本日最大の注目品です！　どれも一年に一度あるかないかの逸品ばかり！　皆様にはぜひともこの機会に――」

「待った！」

最前列。手を挙げて発言を止めたのは、誠司《せいじ》だった。

「この四人、ボクが相場の倍の値段で買いましょう」

「おおっ！」

「な、なんですって⁉」

シンシアは空いた口がふさがらなかった。

父から好きなように買えと言われてきたが、四人も、しかも相場の倍はいささかやりすぎだ。

「ちょ、ちょっとあなたね――」

「隊長、少しお静かに。ボクのやり方を見てみたいんでしょう？」

確かにその願望はあった。だからといって――と迷っている間に誠司《せいじ》は話を進めていた。

「ただ、いきなりボクが全部買うと言っても、観客の皆様には面白くないと感じる方もいらっしゃることと思います。そのため一つ余興を行いましょう」

観客がざわつく。

舞台に上った誠司《せいじ》はくすりと笑って続けた。

「四人には目隠しをしてもらいます。そしてボクの合図とともに手を上げるか下げたままか、選んでもらいます。もし全員が手を下げたままならボクは全員を奴隷から解放し、五年の期限付きで働いてもらって、その後自由にします」

「何⁉」

「そんなことが……！」

四人の奴隷の目の色が変わる。もっともやつれ、目が死んでいた十五歳の少女でさえ、目を見開いて誠司《せいじ》の言葉が真実であるか探り始めた。

「ですが、一人でも手を上げた者がいれば、手を下げたままの者は殺します。手を上げた者は先の条件と同じで、奴隷から解放し、五年後自由です」

「ほう……」

観客の中に趣向の面白さに目を見張る者が出だす。

「そして四人全員が手を上げれば、この場で全員殺します。いかがでしょう？」

「面白い！」

「やれやれ！」

元々購入目当てというよりセリの動向を見たいという者が多かった観客たち。思わぬ趣向に場は一気に盛り上がった。商人も倍の値段で買い取ってもらえるとあって、異論はない。

誠司《せいじ》の提案で少しだけ奴隷たちの間で話し合いの時間が与えられた。

舞台の中心に集まり話し合う奴隷たちを尻目に、シンシアは脇で待つ誠司《せいじ》に話しかけた。

「ねぇ、話し合いの時間があれば全員手を下げたままで終わりになるでしょ？　なのになぜ時間を設けたの？」

誠司《せいじ》は馬鹿にしたような笑いを浮かべた。

「話し合いの時間がなければ意味がありませんよ。ボクの目的は、裏切らない人間を探すことですから」

「？」

先を問おうとしたとき、誠司《せいじ》が話し合いの終了を告げた。

「では目隠しを」

誠司《せいじ》の指示で警備の者たちが奴隷たちの目に布を巻き付けていく。

「さあ、始めようか」

奴隷たちの反応は様々だ。

震える者。落ち着いている者。少しだけ微笑《ほほえ》んでいる者。

そんな彼らに向けて、誠司《せいじ》は問う。

「じゃあ手を上げるか下げるか、決断を見せてくれ」

「えっ……？」

シンシアは思わず声を上げていた。

全員話し合いで手を下げていよう、となったはずだ。全員手を下げていれば全員助かる。だからそれ以外の結論はない。

なのにこれはどうしたことだろうか。

少女以外の三人がゆっくりと手を上げていく。

「結果が出たようだな。全員そのまま……外してやれ」

誠司《せいじ》の合図で目隠しが外される。そして左右の状況を確認し、三人の奴隷は歓喜した。

「ははっ、よっしゃ！」

「ふう！　助かったわい！」

「やった！　やったわ！」

ただ一人、美しい少女だけが見るも無残なほど打ち震えていた。

希望が芽生えたところで一気に落とされ、どんな気持ちなのだろうか。

あまりに憐《あわ》れだった。

「なぜ……皆さん、どうして……」

「ははっ、お前バカだろ？　誰かこっそり手を上げるに決まってるじゃねぇか。なら自分も手を上げないと死ぬだろうが」

「でも……話し合いで……」

「あなたみたいに勘違いしてくれる子が出るようにするための話し合いでしょ。こんなになってまで気がつかないなんて、本当におバカな子ね」

「ああ、あああっ……」

少女は言葉をなくし、その場にくずおれた。

喜び合う三人。その中の屈強な元小隊長の肩に誠司《せいじ》は手をかけた。

「おめでとう」

「ああ、それよりさっきの約束、守って――」

「そしてさようなら」

元小隊長の首が飛んだ。

誠司《せいじ》がやった。顔色を変えず、平然と。

「えっ……？」

あまりの出来事に会場が硬直する。そしてそれは絶叫によって解かれた。

「きゃあああぁぁぁぁぁ！」

「ひっ！」

元学者は逃げようとした。しかし鎖で両手両足を縛られているため駆けることができず、転んでしまった。

そこへゆっくりと誠司《せいじ》が歩み寄る。

「そういえば一つ言い忘れたことがあるんだ」

「ぎゃあああぁぁぁ！」

断末魔の声がとどろく。元学者は頭を割られ、血に染まった。

「ひぃっ！」

魔法使いの女が失禁する。

女は誠司《せいじ》が目の前に立ったのを見て我に返ると、慌てて膝にすがりついた。

「あ、あの！　わ、私、どんなことでもしますから！　ほ、本当です！　この身体《からだ》で必ずあなたを満足させてみせ——」

「ボクは————嘘《うそ》つきなんだ」

「ああああああああぁぁぁぁ！」

魔法使いの女の胸に剣が突き刺さる。眼球がぐるりと回転し、白目をむいて女は絶命した。

いきなり眼前で行われた虐殺に、シンシアは震えが止まらなかった。

恐ろしかった。歯の根が鳴り、立っているだけでやっとだった。

だがそれでも大人しく黙っているわけにはいかなかった。

「あなた……何をしたのかわかってるの⁉」

「わかっているに決まっているじゃないですか」

誠司《せいじ》はため息交じりに答えた。

「つまりはこう言いたいのでしょう？　『あなたのしたことは名画を競《せ》り落《お》とした瞬間に破り捨てたようなものだ』と」

「それは一般論よ！」

誠司《せいじ》のたとえはこの場にいる人間の感想をよく表現している。奴隷は高級な財産――一般的にはそう考えられている。

皆、驚愕《きょうがく》しているが、それは人を殺したからではない。奴隷の命は人の命に換算されていない。この驚愕《きょうがく》は、もったいない、とか、殺す姿が見るに堪えない、といった感情からのものだ。

それが一般論と知りながら、やはりシンシアが許せないのは――殺したことだった。

「わたしはね、あなたが三人を惨殺《ざんさつ》したことに対して正気かと言っているのよ！」

「ふふっ、やはり隊長は人道的な人間のようだ」

「じん、どう……？　何よ、それ。あなた、何を言っているの？」

「人の道と書いて人道と呼びます。つまりは倫理的に正しく、道徳的で、思いやりを持った人間ですね、と言っているわけです」

「あなたに言われても嬉《うれ》しくないわ」

「ええ、褒めていませんから」

「あなたね――！」

脳の奥で何かが切れた。ここまでバカにされたことは、生まれてこの方一度もない。

シンシアは手を思いきり振り上げ、感情の赴くまま振り下ろした。

「……おっと」

誠司《せいじ》の頬を捉えるはずだった右手。だが届く前に手首を摑《つか》まれていた。

「っ……放しなさい！」

右手を引き抜こうとするが、微動だにしない。華奢《きゃしゃ》な腕のくせ、腕力はそこいらの兵士より遥《はる》かに上だ。

だがそれよりも恐ろしかったのは、誠司《せいじ》が笑顔のままなことだった。

温和で、人の好《よ》さそうな笑み。なのに有無を言わせない圧倒的な空気に満ちている。

「わかっていないのは、隊長じゃないですか？」

「っ……何がよ！　命乞いする人を惨殺《ざんさつ》しておいて、今更言い逃れしようと言うの！」

誠司《せいじ》は優雅な仕草で大きくため息をついた。

「まず、ボクはこの四人の奴隷を購入することを宣言しています。だからこの四人はボクのもの。生殺与奪の権利を持っています。だから殺しても、法は犯していません」

「わかってるわよ！　だからといって殺すだなんて人としておかしいわ！」

「まったく……甘い。まるで砂糖菓子のようだ」

「何ですって⁉」

シンシアがいきり立つと、誠司《せいじ》は腕を絞り上げた。

「ぐっ……」

痛みが肘に走るが、シンシアは許しを乞わなかった。それだけはプライドが許さなかった。

「そこまで言われるのなら最初から説明して差し上げましょう。ボクが殺した三人は、今、これだけの観衆の前で堂々と誠実な少女を騙《だま》し、裏切り、命を奪おうとしていました。この行動のどこに賞賛すべき点がありますか？　他人を蹴落として自己の安全を図ろうとした醜い輩《やから》に、今後どんな利用価値がありますか？　生かしておいてもどうせすぐに裏切るか逃げるかですよ。それなら今殺しておいたほうがよっぽど人のためだとは思いませんか？」

「ぐっ――」

確かに殺された三人のやり方はひどかった、という認識がシンシアにもある。だが同時にこれほど無残に殺すのはやりすぎだ、とも思っていた。

「隊長、ボクは真に醜悪と表現すべきものは、人の心以外にないと思っています。どれほど奇怪に見える生物も、それは進化と適応の結果です。あるのは世界のことわりと大自然の意思であり、ボクはむしろ美しく感じます。しかし人には、時に己に都合がいいというだけで、善良な他人を陥れる者《おとしい》がいます。これこそ醜悪であり、死に値する許されざる罪だと思いませんか？」

誠司《せいじ》は突如、摑《つか》んだ手を離した。自由になったシンシアは誠司《せいじ》から距離を取ると、まだ痛みの走る肘を押さえつつにらみつけた。

怒りはある。反発もある。だが反撃の言葉が思いつかない。

責める点があるとすれば、裁き方が残虐すぎる、という部分だった。だがそれもまたすぐに公開処刑を例に出されてはぐうの音も出なくなる。そのため口にすることができなかった。

「また気が向いたらボクの言ったことを思い出してみてください」

興味をなくしたとばかりに反転した誠司《せいじ》が向かったのは、残った少女の下だった。

少女は心身の消耗が限界を超えたのか、へたりこんだまま無反応だった。

誠司《せいじ》は血に濡《ぬ》れた剣を傍《かたわ》らに捨てると、そっとかがみ、少女の手を取った。

「どうか落ち着いて聞いてほしい」

優しい響き。先ほどまで凍えそうなほど冷徹に語っていた人物と同一人物とは思えないほど、労《いたわ》りに満ちている。

「ボクが探していたのは君だ。君だけは誠実だった。彼らは君を愚かだと罵ったが、君は愚かじゃない。彼らがどこかに捨ててきた純粋さを持ち続けていただけだ。ボクが傍《そば》にいてほしいのは、そんな心の真《ま》っ直《す》ぐな人間だ。ボクは君を奴隷から解放し、五年傍《そば》で働いてくれれば自由にすることをここに約束しよう」

少女の目に色が戻っていく。

「ほ、本当ですか……？」

「ああ、本当だ。そうだ、君の名前を聞かせてくれないか？　君では味気ない。人間には名前が必要だ」

少女はポロポロと涙を落とした。

「……オデット……オデット、です……」

「オデット……いい名だ。オデット、君は今まで裏切られ続けてきたのかもしれない。しかし誠実さを愛する人間がいることも知ってほしい。君には十分な食事と休養を与えよう。そうすれば心が回復し、わかってもらえることだろう」

誠司《せいじ》は商人に目を向けた。

「すぐに購入の手続きに入ってもらおう。彼女はもうボクのものだ。粗略に扱った場合、相応の報いがあると思え」

「はっ、ははぁ――！」

商人はすぐさま少女の鎖を解くよう指示を出した。

「ありがとうございます……このご恩は決して忘れません……必ずです……」

「気にしなくていいよ。ボクは当然のことをしたまでだ」

少女が熱に浮かされたように誠司《せいじ》を見つめる。その瞳の美しさにシンシアは唾を飲み込んだ。

「何なの、これ……」

感動的な光景だった。

身を奴隷に落としながらも最後まで誠実だった少女。その誠実さに感じ入り、救った青年。

幾世代にもわたって少女たちに愛される恋愛物語に似たような場面がある。それが目の前で行われたことに、シンシアの胸は無意識的に熱くなった。

だが青年はたった今、嘘《うそ》をついて三人殺している。悪びれることもなく、平然と惨殺《ざんさつ》した。

なのに少女を救ったことで優しい人間に見えてきてしまうことが恐ろしい。

――混乱する。

殺した相手は悪党だったかもしれない。だが厳密にいえば、奴隷たちがしたことは嘘《うそ》をついたことだけだ。

それなら誠司《せいじ》も同じことをしている。少女の命を犠牲にしようとした嘘《うそ》が殺すことと等しいのなら、誠司《せいじ》もまた人を殺している。

そう、動機は違えど、誠司《せいじ》は殺された三人の卑劣な奴隷と同じことをしているのだ。

なのに――許せない気持ちと、賞賛したい気持ち。二つが入り混じり、区別がつかなくなる。

「どこまでが計算なの？」

シンシアが話しかけると、誠司《せいじ》は何だそんなことかと言わんばかりに髪を整えた。

「一つの行動で無数の可能性が生まれる以上、一つの行動で複数の効果を狙うことは当然かと思います。先ほど話した意味以外には、オデットに対し、もし裏切ったらどうなるかを目の前で見せて教訓としたことも計算の一つです。裏切らないようにするには、心に鍵をつけることが大事なんです」

「じゃ、じゃあもしあの子が裏切ったら？」

「まずその前提がありえません。例えば人間には痛みがあります。そのため拷問を受ければ強い心を持つ者でもまず耐えられません。だから拷問されないような状況を常に作ることが肝要なのです。その状況になった時点で負けということです。同様にボクは裏切られない状況を常に作ります。そういうことです」

「優しい言葉をかけたのも、その一環というわけ？」

「そうですね。それだけが理由ではありませんが、理由の一つではあります」

「奴隷から解放するって約束は？」

「守りますよ。当然でしょう？」

「あなたって……自分が正しい人間だと思っているの？」

奇妙な質問であることは自覚していた。ただシンシアは、善悪の判別がつかないこの不可思議な異世界人が、自分をどう思っているか知りたかった。

「人は自分だけの話で言えば、常に正しいですよ。正義だ悪だなんて言うのは所詮自分以外の人間です。少女を騙《だま》して死んだ奴隷たちでさえ、彼らの立場から言えば自分たちが生きるための行動だったのだから、嘘《うそ》をつくことは正しかったのです」

「じゃあ善悪で言えば？」

「ボクの本質は間違いなく悪ですよ。ただボクは正義の力も知っている。それだけです」

どうにもしっくりこない。屁理屈《へりくつ》ばかりこねているようにも聞こえる。しかし嘘《うそ》を言っているようにもごまかしているようにも見えない。

わからない。今まで出会った人間とあまりに違いすぎる。この男をなんと評すればぴったりくるだろうか。

「ボクが悪である証拠に――」

誠司《せいじ》はそっとシンシアの耳元に口を近づけた。

「実のところ、人が死ぬところを見られていい気分なのです。とても美しい光景でした。つまりボクにとってどんな結果になっても損はなかった……そういうことです」

シンシアは頭を殴られたような衝撃を受けた。

この男は――危険すぎる。感性が人間のものではない。

それでいて能力が卓越し、自由や誠実さを愛している節がある。

あまりにも異形。

そうだ、きっとこの男は――

——ただ人を殺したいだけの怪物、だ。

わたしに止められるのだろうか。わたしに操ることができるのだろうか。
いや、お父様にさえ素直に従うとは思えない。
禁忌と呼ばれる異世界召喚。その代償はこの男そのものではないだろうか。
この男は混乱を呼ぶ。間違いなく。
なのに、この男が味方であれば勝てる、誰が相手でも……そんな確信を抱かせる。
圧倒的な力の流れを感じる。運命に流れがあるとすれば、この男はその中心にいる。
お父様も同様の思いを抱いたのだろうか。
あまりにも危険な、甘い蜜。
その蜜の味を知ってしまったら、わたしはわたしのままでいられるのだろうか……？

第二章　歴史の掃《は》き溜《だ》めに落ちていけ

＊

拓真《たくま》はとにかくエネルギーにあふれた男だった。

「カツアゲされた⁉　どこのどいつだ？　任せろ、俺が落とし前をつけてきてやらぁ！」

不正や弱い者いじめは許さず、耳にすれば見知らぬ相手でも必ず力になった。

「よう、菅沼《すがぬま》。この前、助《すけ》っ人《と》ありがとな」

「おーっ、鷹《たか》ちゃん。俺も楽しかったからいいって。またサッカーやらせてくれよ」

「お前、前から言ってるが……先輩をちゃん付けすんなよ！」

「いててっ！　ガチで首絞めんなって！　鷹《たか》ちゃんさぁ！　それ冗談になってないって！」

「だーかーらーっ！　先輩には敬語使えよ！」

年上にも傲岸不遜でマイペース。しかし愛嬌《あいきょう》があるせいか、可愛《かわい》がられる傾向あり。

「兄貴、実は耳よりの話がありまして」

「おっ、何だ？」

「今日、スーパーマルケイが……大根一本二十円の特売です」

「なん、だと……？　マジか？」

「マジです……」

「十五時からのタイムセールか。よしっ、俺は六時間目をさぼる。教師には腹が痛くなったとでも言っといてくれ」

「お任せあれ！」

同級生や年下には世話焼きの気質のせいか、兄貴的扱いを受けることが多い。あと、昔お金で苦労したことがあるためか、大金を稼いでいるにもかかわらずケチだ。

「拓真《たくま》、カラオケに誘われたんだけど、来ないかい？　君目当ての子もいるみたいなんだ」

「お～、誠司《せいじ》。ありがてぇ話だけど、やめておくわ」

「結構可愛《かわい》い子だったよ？」

「香奈《かな》のことがあるから、恋愛って気分になれなくてな。時間があればなるべく香奈《かな》の傍《そば》にいてやりてぇんだ」

「……そうだね。きっとそのほうがいい」

禁欲的ではないが、放課後の遊びとかにはほとんど付き合わなかった。

だがその分、学校生活は目一杯楽しんでいるように見えた。

「おい、誠司《せいじ》。テスト、どうだった？　いつもみたいに、せーので交換しようぜ」

拓真《たくま》はテストや運動、芸術から娯楽に至るまで、勝負できることがあれば何でも勝負を持ち掛けてきた。

「いいよ。じゃあ……せーの」

テスト結果の紙を交換する。書かれた文字を見て、拓真《たくま》が頭を抱えた。

「くっそーっ！　負けた！　せっかく勝ち越してたのによ～。これでまた五分かよ！」

「まあボクも負けっぱなしは性に合わないからね」

「今度勝負できるとしたら何だ？　体育のバスケか？」

「運動は分が悪いんだよね。ボクが八割負ける」

「それ以外だと俺が八割負けるから、全体で見れば互角だろ」

それ以外とは、芸術や娯楽、委員長を決める投票だったりする。

拓真《たくま》と比較し、誠司《せいじ》は時間をかけたり、人の心が関わったりするほうが得意だった。

例えば将棋は持ち時間が少ないほど拓真《たくま》の勝率が高くなった。拓真《たくま》は即断即決が得意であり、誠司《せいじ》は深慮遠謀が持ち味だった。

誠司《せいじ》は拓真《たくま》と勝負するようになってからそのことに気がついた。それまではどんなことでも、どんなやり方をしても勝っていたからだった。

「君の吠《ほ》え面《づら》をかくところが見たいな。今度の勝負は圧勝させてもらおうか」

「ふんっ、言ってろ。次勝つのは俺だ」

少しずつ拓真《たくま》の影響を受けていたのかもしれない。

（このボクが、競い合うことを『楽しい』と思うなんて……ね）

拓真《たくま》と出会う前には思いもつかないことだった。

いつしか誠司《せいじ》は、拓真《たくま》に信頼と尊敬の念を覚えるようになっていた。

ただ性格は正反対の部分が多く、ぶつかり合うことも少なからずあった。

その差が決定的に現れたのは、ある事件がきっかけだった。

「ちょ、誰か！　こいつ、痴漢よ！」

偶然、誠司《せいじ》は拓真《たくま》と共に電車で帰宅する途中、痴漢騒ぎに遭遇した。

痴漢を訴えたのは同じ高校の女子。掲げていたのは小柄な中年男の袖だった。

「ち、違うんだ！　私は痴漢なんてしていない！」

ホームに連れ出され、懸命に中年男は否定した。

「嘘《うそ》！　間違いないから！　前からあんたがずっといやらしい目で見てたの、あたし知ってるんだけど！　ホントマジありえないから！」

「そんな……っ！」

誠司《せいじ》は中年男が冤罪《えんざい》であると確信していた。誠司《せいじ》から二人が見え、中年男のカバンが女子高生のお尻に当たっていた。おそらくそれで勘違いしたのだろう。

ただ誠司《せいじ》は口を挟まなかった。拓真《たくま》にも見えていた。拓真《たくま》ならば絶対に放っておかない。だから任せておけばいいと思った。

するとーー

「ふざけるなよ……っ！」

拓真《たくま》がいきなりブチ切れ、女子高生の襟をつかんだ。

目が血走り、理性を失っている。いくら正義感が強い拓真《たくま》でも、これは異常だった。

（ーーそうか）

拓真《たくま》の父は痴漢の冤罪《えんざい》で失踪に至っている。だから我慢ができなかったのか。

「お前っ……ただカバンが当たってただけだろうが！　どこが痴漢なんだよ！　言うことには気をつけろよ！　人の一生がかかってるんだぞ！」

拓真《たくま》はやりすぎだった。しかし彼女もよくなかった。

「はぁ⁉　あたし、被害者なんだけど！　あんた、三組の菅沼《すがぬま》でしょ？　なんであんたにそんなこと言われなきゃなんないのよ！　それと、さっさと手を離しなさいよ！」

「てめぇ……っ！」

拓真《たくま》が拳を振りかぶる。誠司《せいじ》は急いで止めに入った。

「やめろ、拓真《たくま》。少し落ち着け」

「っ……誠司《せいじ》……」

拓真《たくま》に理性の光が戻っていく。

拓真《たくま》は奥歯を噛《か》みしめると、振り切るように女子高生から手を離した。

「ここはボクに任せてもらえないかな」

誠司《せいじ》は野次馬たちを尻目に、女子高生と穏便に話を行った。

その女子高生は誠司《せいじ》を知っており、好意を持っていたため、話は容易に進んだ。

誠司《せいじ》は拓真《たくま》が言ったことを噛《か》み砕《くだ》き、もし冤罪《えんざい》だった場合、責任を取れるかを説き、納得させた。女子高生は痴漢されたことを譲らなかったが、自分が悪者になる恐れも覚えたのだろう。訴えを取り下げた。

結局、中年男が今後、時間をずらして電車に乗ることで双方納得し、駅員、そして後にやってきた警察も解散した。

「……お前のおかげで助かったぜ」

帰《かえ》り際《ぎわ》、拓真《たくま》はそう言った。

「お前がいなかったら、俺……たぶん殴ってた」

「それはよかった。こんなくだらないことでライバルを失うなんて、馬鹿らしいからね」

誠司《せいじ》は拓真《たくま》の顔が晴れていないことに気がついていた。

「君は、まだあの子が許せないんだね？」

「……わかるか？」

「最後まで自分の間違いを認めなかったからね。正直、ボクもどうかと思ったさ」

拓真《たくま》の〝魂の火〟は他人と違う特徴がある。人の何倍も大きいだけじゃない。苦しみ、追い詰められるほど——大きく燃え上がる。

逆境を糧《かて》にし、悩めば悩むほど意志を強くし、大きく成長する。それが拓真《たくま》なのだ。

「でかくなりてぇ……」

拓真《たくま》は立ち止まると、夕日に向けて手の平を掲げた。

「もっともっとでっかくなって、冤罪《えんざい》をなくしてぇ……。悪いことをしてねぇのに貶《おとし》められるなんて、悔しすぎるだろ。俺はこの世に『正義』が欲しいんだ。いや、欲しがってるだけじゃダメだ。俺が『正義』を作ってやる。絶対に」

拓真《たくま》が抱いている『正義』。それは父の失踪が原因であることは疑いない。

「拓真《たくま》、さっきの子、放っておくとまた同じことをやりかねないと思うけど」

「……そうだな。少し釘《くぎ》でも刺しておくか」

「いや、ボクに任せてくれないかな?」

「誠司《せいじ》……?」


——拓真《たくま》と出会ったことで、知った感情が二つある。

一つは友情。尊敬、信頼、喜び、そういったものを含めた善なる感情だ。

もう一つは——〝飢え〟だった。

（もし――そう、もし、この巨大な〝魂の火〟が消える姿を見られたら、ボクは――）

たとえるとするなら、拓真《たくま》は今まで見たこともないような最高のご馳走《ちそう》だった。

生きるだけならご馳走《ちそう》を食べる必要はない。空腹となる分だけ食べればいい。それが今までは、動物や昆虫の命だった。動物や昆虫の魂の火は人間に比べ小さく、言うなれば粗末な豆や草で腹を満たしていたような状態だった。なのに今は、山海の珍味や高級肉、輝くフルーツが目の前に積まれているのに等しい。それでは同じものを食べていても、惨《みじ》めな気持ちになってしまう。

飢え始めていた。どうしようもなく。ボクの中には怪物がいる。法律として、人間として許されない怪物だ。しかし人が生きるのに食事を欠かせないのと同じく、人が異性に惹《ひ》かれてしまうのと同じく、〝魂の火〟が消える姿を求めてしまっていた……。

＊

誠司《せいじ》は痴漢を訴えた少女に近づいた。好意を持ってくれていたため、すぐに仲良くなった。彼女が告白してくるのに時間はかからなかった。赤面する彼女に誠司《せいじ》は言った。

「君はまさか、ボクが君のことを好きな可能性があるとでも思っていたのかい？　随分と盛大な勘違いをしたものだね。君はもう少し自分の考えが間違っている可能性に思いを至らせたほうがいい。だってそうだろう？　自分だけが正しいと考え、他人を平気で貶《おとし》める人に対し、ボクが好意を持つ理由なんてないだろう？　よくもまあ、恥ずかしげもなく生きていられるね。君には恥という概念がないのかな？」

「う、嘘《うそ》……？　な、なに？　あたし、何かやった？」

「ほら、まだ現状を確認できていない。この認識の欠如は致命的だな」

「どーして！　どーしてあたしを責めるの！　あたし悪くないじゃん！　あたし、いいところもあるでしょ！　そこを褒めてよ！　あたし、褒められて伸びる系だから！」

「君は反省という言葉を知らないんだね。なら……ボクにもやり方はある」

誠司《せいじ》は好意を餌にし、彼女の退路を断ち、追い詰め、少しずつ導いていった。

——死、へと。

(そう、飢えが抑えられないのであれば——)

拓真《たくま》以外から摂取すればいい。

(そして人の死を見たいだけなら、別に自分の手で殺す必要などない)

自殺するよう誘導し、その瞬間だけ見せてもらえれば十分なのだ。

誠司《せいじ》は彼女の友人を調べ、彼女の悪評を吹き込み、友人関係を絶たせた。相談に乗るのは自分だけにし、ログ上は自殺を誘導するそぶりさえみせず、少しずつ、確実に心を折っていった。

拓真《たくま》に呼び出されたのは、彼女から『○○ビルから飛び降りて死んでやる』との連絡が来た日の放課後のことだった。

堤防まで来てくれと言うので、秋の夕暮れを眺めつつ、誠司《せいじ》は自宅の最寄り駅の三つ前で降りた。ここが拓真《たくま》が住む街であり、香奈《かな》が通っている病院もある。その病院の裏手に堤防があり、よく誠司《せいじ》はこの堤防で拓真《たくま》と会っていた。

「俺さ、痴漢を訴えたあの女のところに今日、行ってきた」

「……そうなんだ。どうして急に？」

「急じゃない。前からお前があの女をどうするのか注目してた」

「なるほど。で、彼女はどうだった？」

「自殺しようとしていた。だからひっぱたいて目を覚まさせた。随分恨まれちまったが、まああの様子なら今日死ぬことはないだろ」

「随分損な役回りをするね。そもそも君は彼女を嫌っていただろう？　何で助けるような真似《まね》を？　彼女はいつも自分のことばかりで、君が手を差し伸べる価値があるとは思えなかったけど」

「だからって自殺に誘導していいわけねぇだろうがっ！」

誠司《せいじ》は思わず、ああ、やっぱり君にはわかるんだ、とつぶやいてしまっていた。

「証拠は残してないつもりだったんだけどね」

「そういう問題じゃねぇよ！」

誠司《せいじ》は顎に手を当てた。

「拓真《たくま》。明確に法を犯していない、でも他人を不幸にしかしない人間をどう扱えばいいと思う？」

「何が言いたい？」

「彼女は死んだほうが世の中のためだよ。彼女が反省できるような人間なら、ボクだってここまでしないさ。でもどうやっても、彼女は利己的で、自分のために他人を貶《おとし》める行動しかしなかった。だからボクはそれを責めた。それが悪いことかな？　それとも君は『死んだほうが世の中のためになる人間なんていない』とボクを責めるのかな？」

「いや、そこまで俺は善人じゃねぇよ。この世には煮ても焼いても食えないやつは腐るほどいる。お前の意見は倫理的に問題だらけだが、客観的で、中立で、公正だと俺は思う」

「やはり君はわかってくれるか」

「クソくらえだけどなっ！」

誠司《せいじ》は頬に熱を感じた。殴られたと気がついたのは、衝撃で身体《からだ》がよろめいたときのことだった。

「クソみてぇなやつは、そのたびにぶっ飛ばせばいいんだよ！　お前ならできるだろ！」

「できてもその場しのぎさ。その場で更生したように見えても、いずれまた問題を起こす……そういう人間がこの世には〝いる〟んだよ。だから君の行動は根本的な解決になっていない」

「だからって殺していいわけねぇだろ、タコが！　諦め早すぎなんだよ！　いいか、この問題は俺が一生かけて何とかする！　邪魔すんな！」

「君の正義感は素晴らしいけど、その正義は誰が正しいと保証してくれるんだい？　君が間違ったときはどうなる？　今でさえ少し歪《ゆが》んでいるようにボクには見えるよ？」

「関係ねぇ！　俺の正義は俺が決める！　法律や倫理、道理も他人の意見も関係ねぇ！　悩んで苦しんで、あらゆる意見を取り入れ、必ず多くの人にとって納得いく答えを俺は見つける。最後まで悩み続けることが俺の正義だ！」

拓真《たくま》は親指を自身に向け、堂々と言い切った。

大胆不敵、自信過剰。どう聞いても暴言なのに、妙に堂々としているからか、すがすがしささえ感じられた。

「まったく……非論理的で公正さの欠片《かけら》もないが……真理をついている」

誠司《せいじ》はこの世に共通の正義なんてないと思っていた。人それぞれに正義はある。

結局、この世は正義の押し付け合い——それが誠司《せいじ》の持論だった。だから拓真《たくま》の言っていることは暴言に見えて、実のところ誠司《せいじ》の結論とまったく変わらなかった。

「君にも怪物が眠っていると思っていたけど……それは『正義』か」

拓真《たくま》の正義は歪《ゆが》んでいる。少なくとも正義と称する割にぶっ飛ばすと平気で言う。法律で言えば傷害で、ある種の犯罪行為だ。万人に通用する正義ではない。しかし本人はまったく恥じていない。そんな道理に合わない衝動は〝怪物〟と呼ぶのがふさわしい。

「貼っておけ。腫れるぞ」

拓真《たくま》はカバンから湿布を取り出すと、誠司《せいじ》に投げつけた。

「ありがたくいただいておこう」

「……それより言えよ」

「何を？」

「お前の怪物。さっきお前『君にも』って言っただろ？」

誠司《せいじ》は思わず笑みがこぼれた。本当に拓真《たくま》は、ちゃんと気がついてくれる。

「ボクはね、自由と公正を愛しているんだ。それで、公正という面を突き詰めていくと、生物にとって公正なのは、過去と未来に一つずつ——『生まれたこと』と『死ぬこと』だけじゃないかなって思うんだ。そのせいか、ボクは死に惹《ひ》かれる。そしてそれがボクの中にある怪物だ」

「だから自殺へ誘導したと？」

「ボクの欲望と彼女の愚かさがたまたま繋《つな》がり、必然となってしまった。それだけさ。……ただ言い訳をしていいなら、君の正義と同じく、ボクも歪《ゆが》んでいるんだ。わかっているんだ、どうしようもなく歪《ゆが》んでいるって……」

「誠司《せいじ》……」

拓真《たくま》は奥歯を嚙《か》みしめた。

「で、ボクをどうする？　警察にでも訴えてみるかい？」

「そもそもお前は罪を犯しちゃいない。傍《はた》から見りゃ、あの女が勝手にお前に付きまとい、振られた腹いせに死のうとしてただけだ。目を覚まさせるためとはいえ、ひっぱたいた俺のほうが犯罪者だな」

「なら彼女に訴えるよう誘導しちゃおうかな？」

「好きにしろ」

拓真《たくま》は短く告げると、顔を上げた。

胸には大きな青い炎、両眼には揺るぎない意志が宿っていた。

「誠司《せいじ》――覚えておけ。俺はお前が同じようなことをしようとすれば、どんなことをしてでも止める。これは宣言じゃない。約束だ。だから、お前は怪物に二度と負けるな」

誠司《せいじ》は肩をすくめた。

「絶交かと思っていたよ」

「そんなことをしたら、お前を檻《おり》から解き放つようなもんだろうが。お前は俺の正義に付き合え。それで歪《ゆが》みを治せ。どうだ、悪い話じゃないだろ」

「横暴だな」

「いやか？」

「いいや……うん、確かに悪くないのかもしれないな。まさかの展開だけどね」

「あのな、誠司《せいじ》。ダチってのはな、そう簡単にやめられるもんじゃねぇんだよ」

誠司《せいじ》は数度瞬《まばた》きをすると、ため息をつき、頬を撫《な》でた。

「君はなんていうか、恥ずかしいくらい熱いよね」

誠司《せいじ》にとって、拓真《たくま》は感情の塊だった。

怒り、嘆き、迷い、喜び、様々な感情に押し流されつつ、それでも一本筋の通った意志と覚悟を持って生きている。

(ボクは——拓真《たくま》のように生きたいのかもしれない)

愚かであっても熱く真《ま》っ直《す》ぐ生きることこそが、人間として正しい生き方ではないだろうか。

だとしたら本当に愚かなのは——ボクだ。

「んなっ！　どこが恥ずかしいんだよ！　お前が冷めすぎなんだよ！」

「……そうだね。きっとそうなんだ」

誠司《せいじ》は目をつぶり、そっと心の中で決意し、目を開けた。

「——約束するよ。怪物に負けないよう、少なくとも全力を尽くすって」

「誠司《せいじ》……」

「だから君も約束してほしい。もしボクが怪物に負けたら、必ず止めに来るって」

「……ああ、約束だ」

大人から見れば訳の分からない、滑稽な約束に見えるかもしれない。

しかし少なくとも誠司《せいじ》にとって、初めて他人と交わした、本気の約束だった。

＊

特務親衛隊に初めての任務が下される。

「お前たちにはヨハン・クルーセル侯爵を暗殺してもらう」

王宮の人々が寝静まった深夜の宰相室。

誠司《せいじ》とシンシアを前にし、宰相デュレル・イルハーンはそう告げた。

「これは裏の仕事だ。作戦立案・実行指揮はセージ、お前に託す」

夜半から降り出した雨は勢いを増し、巨木を揺るがしている。

誠司《せいじ》は雨の日——特に台風の日が好きだった。雨や風にはどこか心躍らされるものがある。

そんな日に与えられた楽しげな命令。誠司《せいじ》は上機嫌でお辞儀した。

「はい、お受けいたします。必ずやご期待に添ってみせましょう」

デュレルは眼鏡の奥から鋭い視線を送っていたが、満足げに一度頷《うなず》いた。

「シンシアはセージが必要とする情報の収集でサポートだ」

シンシアは、はい、と言った。しかし表情は明らかに納得していなかった。

誠司《せいじ》には理由がわかっていた。

暗殺が嫌なのだ。人道的なシンシア姫様としてはそんな卑怯《ひきょう》な真似《まね》は承服しかねる、といったところだろうか。

信念に背く命令なら命をかけて抵抗すべきであるのに……まったく結果の見えた可愛《かわい》らしい抵抗をするものだ。

「シンシア、不満がありそうだな？」

デュレルが宰相机に肘を載せる。困っている、というよりは娘への労《いたわ》りが見える。その証拠に肩から力が抜け、瞳は優しい。

「いえ、そんなことは……」

「私の先代の宰相にして、三代にわたって大臣を輩出してきたインストリアル王国きっての名門の主《あるじ》。そんな貴族を敵に回すことに不安がある——とでも言いたいのか？」

「確かにそれもありますが……」

「それも、か。ならばとりあえず不安を一つ取り除いてやろう」

デュレルは引き出しの中から一枚の紙を取り出した。

「クルーセル侯爵の息子の不正の証拠だ。これによって、息子のほうは落ちた。ヨハン・クルーセルさえ死ねば、あとは思うがままだ」

暗殺後の配慮も万全、か。娘に比べてデュレルはなかなかできる。

裏の事柄に手を染めるのが初めてではないことは言動から察していた。しかしもしかしたら、予想以上に手慣れているのかもしれない。

誠司《せいじ》はデュレルについて探りを入れていた。その結果、評判は悪いものではなかった。内政の手腕は確かで、威厳があり、統率力もある。眉目《びもく》秀麗で妻と死別していることから、メイドなどは『私にお手がつかないかしら』と騒いでいたこともあったくらいだった。

しかしデュレルには黒い噂《うわさ》が絶えず付きまとっている。

――敵対していた上司が謎の死を遂げた。

――下賤《げせん》な母から生まれた分際で、と罵った者の家が放火された。

――実の父である国王を病気と偽って軟禁している。

それゆえ現在付き従っている貴族たちも、単にデュレルが長男で旗色が有利そうだからついているにすぎず、信頼できる者はいないようだった。

「そう、ですか……」

父の説明にもシンシアの顔色は一向に晴れなかった。

シンシアの王宮内の評判は、父デュレルより随分悪い。要約すれば、小娘のくせに出しゃばりすぎる、といったものだった。

そこそこ有能、という評価もある。ただそれは一部のことで、シンシアがどれほど素晴らしい結果を残したとしても、お偉い貴族様方は素直に受け取らず、結果『生意気な小娘』という評価に落ち着いているようだった。

そんな貴族たちに対して、シンシアも手厳しい。無能なら容赦なく罵り、尻尾を振る素振りさえない。『生意気』はただの中傷ではなく、真実だった。

ただし民衆の間では正反対だった。シンシアの人気は絶大で、デュレルさえ凌《しの》いでいる。

強い正義感を持ち、身分が低い者にも分け隔てなく優しい。そのことが影響しているようだった。

いいものを持っているのに、強すぎる正義感ゆえバランスが悪い。要は不器用なのだ。

「やはり暗殺という手しかないのでしょうか……？　もう少し穏当な手段は……」

デュレルはこう言い出すことを察していたのだろう。肩をすくめて矛先を変えた。

「セージ、お前の意見は？」

誠司《せいじ》は即答した。

「暗殺が最善でしょう」

「して、その理由は？」

「ヨハン・クルーセルという人物は、聞く限り相当な堅物のようです。すでに引退同然の王……まあ宰相閣下のお父上ですが、そんな方に今もまだ強い忠誠心を抱き、宰相閣下の命令さえ拒絶すると聞きます」

「そうだ、その通りの人物だ」

「人は長く信じてきた主義主張をなかなか変えられません。いくら時世が変わったと説得しても無駄でしょう。おそらく宰相閣下も手を尽くしてこられたかと思います」

「そうだな。一応の手は打った。しかしなびきはしなかった」

「ならばご退場いただくしかありませんね。その際に肝心なことは、罪を敵対する側に押し付けることです。これによって敵対勢力を減らし、こちらの勢力は増す。一挙両得です」

「なっ、そこまで――」

シンシアは絶句し、誠司《せいじ》をにらみつけた。

「暗殺だけでも卑怯《ひきょう》なのに、その上罪を別の誰かに着せるなんて――あなたはそんなことをして日の下を歩けると思っているの⁉」

誠司《せいじ》はわざと肩をすくめておどけてみせた。

「歩けますよ。天気の良《い》い日に散歩へ出ればいいだけのことです」

「なっ――そういうことを言っているのではなくて！」

「これは生き残りを懸けた戦いなのでしょう？　別に剣を持って殺し合うだけが戦いではありませんよ？　手段に綺麗《きれい》、汚いを問うのは表でのこと。裏ではより効率的に、より大きな結果をもたらす策を用いるべきです。ボクが間違っているならすぐに訂正いたしますが？」

「くっ――」

まったくいい顔をしてくれる。いじめて楽しむ趣味はないが、そんな顔をされては楽しくなってきてしまうじゃないか。

「――そこまでだ」

デュレルが割って入った。

「シンシア、これは私の決定だ。従わないのなら隊長から降りてもらう」

「……いえ、従わないつもりはありません。しかし別の方法を検討してもいいのではないかと提示しただけです」

「ならばその提示は却下だ。私自身検討したが、より良《い》い案を見出《みいだ》すことができなかった」

「……わかりました、お父様」

シンシアはおとなしく引き下がった。

父親には逆らえない……それがこのお姫様の限界か。見た目通り可愛《かわい》らしいものだ。

「セージ、暗殺の容疑を敵対する側に押し付けることは私も考えていた。世論工作を行わせている商人が幾人かいる。今度会わせるから活用せよ」

「了解しました」

「それで、セージ。実行は可能か？」

誠司《せいじ》は形の良《い》い顎に手を当て思案した。

「調べてみないと何とも言えませんが、元宰相の守りとなれば、さぞ厳重なのでしょうね」

「館には常に百人の護衛が常駐しているという」

「なるほど、なかなかに手ごわそうだ。そうなると、以前からお頼みしていた駒が欲しいところですが」

シンシアが首を傾ける。

誠司《せいじ》はデュレルに目配せした。シンシアに聞かせていい内容か怪しかったためだが、デュレルは気にするなと言った。

「ちょうど紹介しようと思っていたところだ」

デュレルが二度手を叩《たた》くと、隣室から黒いローブに身を包んだ、しょぼくれた中年男が入ってきた。

「へ、へへへっ、宰相閣下、お呼びで」

ふけが浮き出た縮れ毛、あばたに覆われた顔。腰は大きく曲がり、卑屈な物腰で下種《げす》な笑みを浮かべている。

女性を不快にさせる要素がすべて揃《そろ》っている風貌だった。醜いと評される人間はあまたいるが、一目でこれほど悪意の塊と理解できる人間は少ないだろう。

「お父様、まさか、この男は――」

シンシアが不快感を露《あら》わにして男をにらみつける。

「隊長、あいにくボクはこの男を知らないのですが、隊長は随分と詳しいようですね。教えていただけませんか？」

シンシアは迷いを見せたが、やがて口が汚れるかのごとく吐き捨てた。

「パスカル・メラーズ——インストリアル王国史上、最低最悪の魔法使いよ」

「へへ、へへへっ、姫様、そいつは手厳しい。姫様のお美しい口にそのような言葉は似合いませんぜ」

「黙りなさい！」

シンシアは一喝すると、こぶしを握り締めた。

「あなた、そんな口を利《き》くなんて、まさか罪状を忘れたわけではないでしょうね！」

「へへへっ、何のことやら」

「ごまかすつもりならはっきり言ってあげるわ！　確定しているだけで殺人三件！　強姦《ごうかん》十一件！　傷害三十三件！　その他も窃盗！　脱税！　不正取引！　禁忌の魔法の使用！　罪状の合計百件以上！　加えて確定していない余罪が数えきれないほどあるわ！　今更しらばっくれるつもり⁉」

「へへへ、へへへへっ、やだなぁ、覚えてますよ。冗談ですって、冗談。姫様があまりにもお美しいから、からかってみただけです。その可憐《かれん》な唇が動いているのを見るだけで、あっし、つ、つい興奮してしまいまして……へへっ」

いやらしい、と言うにはあまりにも醜悪な視線がシンシアを舐《な》めまわす。

シンシアは羞恥で顔を赤く染め、胸元の小さな膨らみを手で隠した。

「──パスカル」

デュレルは静かに発した。しかし眼光は殺気に満ちていた。

「次、同じ視線を娘に送った場合、問答無用で叩《たた》き斬《き》る。覚えておけ」

パスカルはハッと顔を上げると、靴を舐《な》めんばかりの勢いで土下座した。

「ここ、これは大変失礼をいたしました、宰相閣下。卑《いや》しい生まれなので、つい……。ど、どうかこのようなことは二度としませんのでお許しを……」

デュレルはゴミを見る目で告げた。

「二度目はない、とだけ言っておこう」

「ははーーーっ！　肝に銘じておきます！」

誠司《せいじ》は口元を歪《ゆが》めた。

（ふふっ、なるほど──）

宰相閣下は期待通り……いや、期待以上の人材を用意してくれたらしい。

「お父様、どうしてこの男をここに……？」

「セージから要望があってな」

「それはどういったもので……？」

「『魔法使いとしての実力は標準以上。性格が卑《いや》しく、嘘《うそ》をつくことに何の呵責《かしゃく》も覚えないようなクズ』」

シンシアは言葉を失っていた。何のためにそんな要望を？　と視線で尋ねてくる。

誠司《せいじ》は説明した。

「薬のような人間もいれば、毒のような人間もいます。毒は使い方を誤れば手痛いしっぺ返しを食らいますが、うまく使えば薬以上の効果を発揮します」

「毒であることは間違いない男だ。この男の生まれは売春宿。普通魔法使いは例外なく魔法使い階級に叙せられるため、一定以上は裕福だ。そのためこの男は、魔法使いの貴族が売春宿で遊んだ結果できた子供とされている」

「へへっ、お恥ずかしゅうございます」

「成長して魔法の素養があるとわかり、国でトップクラスの実力の持ち主となった。しかしこの男の卑《いや》しい性根はまるで変わらず、密《ひそ》かに自己の利益のために魔法を使い、先ほどシンシアが言った罪状を重ねたわけだ。死刑囚として専用牢《ろう》に収監していたが、お前の要望にふさわしい者がこの男しかいなかったため、やむなく外に出した」

「そうでしたか。随分骨を折っていただいたようで、感謝に堪えません」

「この件についてはたっぷり感謝してもらおう」

さぞ不快だったのだろう。デュレルは普段ならもう少し言葉をひねるが、今回ばかりは直球だった。

「へへっ、へへへへっ」

パスカルは手を擦り合わせ、誠司《せいじ》に近づいた。

「そういう事情でしたか。宰相閣下は随分旦那を買っているようで。おかげで助かりました。このご恩は忘れません。あっし、こう見えても役に立ちますので、何でも仰《おお》せつけください――」

誠司《せいじ》はパスカルの額に人差し指を当てた。

パスカルが思わず目を丸くする。

そうして黙らせ、誠司《せいじ》は瞳から色を消した。

「裏切れば殺す」

「……へっ？」

「ボクはお前にひとかけらの信頼も持っていない。そして今後も持つことはないだろう」

パスカルは冷や汗を拭った。

「へへっ、へへへっ、旦那、まだお会いしたばかりですよ？　あっしの働きぶりを見てからでも――」

「命令を聞かなければ殺す。問いに正直に答えなければ殺す。ボクに不利な行動をすれば殺す。不審があれば殺す。殺される前にボクを殺そうとするのは無駄だ。どのような原因であろうと、ボクが死んだらお前を殺すよう周りに命じておく」

「そそ、それって、旦那が病気にかかった場合でも……」

「そう、お前に関係ない理由であっても、ボクが死んだ時点でお前は死ぬんだ」

「そそ、そんな！」

「安心しろ。ボクのほうがずっと若い。順番から行けばお前のほうが先に死ぬのが自然だ」

「そ、そうかもしれやせんが！」

誠司《せいじ》は無視して続けた。

「お前の殺し方も伝えておこう。それだけの罪を抱えているんだ。ただ死ぬだけでは罪に見合わないと思わないか？　だから考えられる限りの苦痛を味わわせ、生まれてきたことを後悔させながら殺す。ボクの知る中でもっとも残酷な刑罰の一つに、凌遅《りょうち》刑《けい》というものがある。こう、少しずつ肉を切り刻んでゆっくりと死に至らせるという刑だ。ただ難点があってね。三日かけて四千七百回切り刻まれて死んだという記録はあるんだが、それではあまりにも短すぎるだろう？　前から思っていたんだ。ボクならもっとうまくできるのに、って」

誠司《せいじ》が冷笑を浮かべると、シンシアは小さくひっ、と声を上げた。

「ボクならあえて急所を外すかな。治療をしつつ殺すんだ。お前は糞尿《ふんにょう》をまき散らし、殺してくれと泣きながら哀願するだろう。でも傷では殺さない。ゆっくりと痛みと恐怖で気を狂わせた果てに脳を溶かして殺す。運が悪かったな。ボクには医学の心得がある。自らの内臓を食べさせることくらいは簡単だ」

冷徹に――無感情に――これは未来行われる事実なのだとはっきり認識させる。

人の姿をした悪魔にでも見えたのだろうか。

シンシアがカーペットの上にへたりこんだ。デュレルは黙していたが、明らかに表情を硬くしている。

冗談じゃない、とパスカルも察したのだろう。卑屈な笑いが引きつって固まると、餌を与えた野良犬《のらいぬ》のようにへらついてきた。

「へへへっ、旦那！　誠心誠意仕えさせていただきます！　どうかお見捨てなきよう！」

「ならいい。誠実に仕える限り、褒美《ほうび》は期待していい」

「へへっ、へへへへっ、旦那、人の扱いがうまいっすね」

「人間には誠意が通じる相手と通じない相手がいる。それを使い分けているだけさ」

誠司《せいじ》はデュレルに向き直った。

「宰相閣下、これで駒が揃《そろ》いました。今後のお話をしたいので、人払いを」

「人払い？　誰をだ？」

「隊長がいるではありませんか」

シンシアの癇《かん》に障《さわ》ったのだろう。怒って立ち上がろうとしたが、まだ足が竦《すく》んでいるためにもつれて転びかけた。

「ほら、このざまだ。ならば隊長の前で話の続きはできませんよ」

「バカにしないで！　わたしは――」

誠司《せいじ》は言葉を遮った。

「人間には知らないほうがいいこともある。そのことを身をもって学びますか？」

「──わかった」

判断したのはデュレルだった。

「シンシア、自室に戻って休め」

「しかし──」

「これは宰相としての命令だ」

やはりシンシアは父に逆らえない。不服そうではあるが、最終的には頷《うなず》いた。

「お父様がそうおっしゃるのであれば」

「人を呼ぼう。足がまだ回復していないだろう」

「大丈夫です！　一人で戻れます！」

助けを借りないのがせめてもの矜持《きょうじ》といったところか。足をもつれさせつつシンシアは退出していった。

遠雷が耳に届く。デュレルはひどく疲れた顔をしていた。

「これ以上聞きたくない気分だが、聞かざるを得ないようだな」

「閣下、死刑囚を自由に使わせてください」

デュレルの顔に苦渋が表れる。一言でおおよそ察したらしい。

「……何のために？」

「最高の武器を作るために」

デュレルは重いため息をついた。

「意図はわかった。お前は毒の実験がしたいのだな？」

「ご明察でございます」

二度目のため息。苦渋の色はさらに濃くなっていた。

「なぜお前は毒を最高の武器と言うのだ？」

「武器は人を殺傷するためのものです。それは誰かを守る意図があろうと変わりません。そのため武器の理想とは、簡単に携帯でき、使用が容易。それでいて使用者の秘匿が可能であり、思うがままの人数を自由なタイミングで殺傷することができるものだと考えています。ボクの世界でも様々な武器が開発されましたが、その中でもっとも理想に近いのはやはり——毒でしょう」

「一般的にはアルカリア式魔法陣を描いた上での極大複合魔法が最大の威力を誇るが、それは理想的でない、と？」

「大きな威力を持つ兵器、魔法等は威嚇には役立ちます。大人数を効率的に殺せるメリットもあるでしょう。しかしボクに言わせてみれば毒こそ最上ですよ。どれほどの魔法使いであっても密《ひそ》かに殺してしまえば無力です。使い手が無数にいても最高責任者を殺せば組織を崩壊させられますしね」

「……素直に頷《うなず》ける内容ではないが一理ある。して、その毒とはお前の世界の知識で作り出すのか？」

「いいえ。参考にはしますが、もっといいものが作れるのではないかと思っています」

「なぜ？」

「ボクの世界に魔法はありませんでした。そのため既存の毒と魔法を組み合わせることで理想的な毒ができるのではないかと考えているわけです」

「………わかった。好きにしろ」

誠司《せいじ》は丁重に頭を下げた。

「さすがは宰相閣下。ご理解いただけて助かります。隊長が聞きましたら、人体実験など非人道的だと言ってボクを殺さんばかりに糾弾するでしょうから」

「勘違いしないでもらおう――」

デュレルの言葉には怒気が混じっていた。

「私とて喜んで賛同しているのではない。必要性を感じたから許可したまでだ。もしこれで成果が出なかったら、セージ……わかっているな？」

「了解しております。そのときはすべての罪を被《かぶ》り、おとなしく首を差し出しましょう」

「わかっているならいい。用件は以上だ。行け」

「はい」

誠司《せいじ》は踵《きびす》を返《かえ》した。その後をパスカルが慌ててついてくる。

扉を開けたところで、ふと誠司《せいじ》は一つ聞き忘れていたことを思い出した。

「そういえば閣下、彼の所在地はわかりましたか？」

「……お前に巻き込まれ、この世界へやってきているだろう男のことか？」

「名を、菅沼拓真《すがぬまたくま》と言います」

拓真《たくま》はおそらくこの世界に来ている。

誠司《せいじ》は魔法陣によってこの世界に連れてこられた。その際、拓真《たくま》もまた魔法陣に吸い込まれた。ならば来ていないと判断するほうがおかしいだろう。

デュレルは首を左右に振った。いつもならそんな何気ない仕草にさえ華麗さを漂わせているのに、今はもう、ただの疲れ果てた男に見えた。

「見つかっていない。別の異世界か、外国という線もある。すでに死んでいるかもしれないな」

「それはあり得ませんよ」

誠司《せいじ》は断定した。

「彼をご存じないからそんなことが言えるのです。彼は能力が違います。精神力が違います。異世界に飛んだ程度で朽ち果てる男なら、ボクは捜したりしませんよ」

「……引き続き捜してやる。だからもう行け」

「失礼しました」

誠司《せいじ》はゆっくりと扉を閉めた。

「これくらいのことで炎が小さくなるとは……閣下も所詮そのレベルか」

「へっ？　旦那、何か言いましたか？」

「何でもない」

誠司《せいじ》はパスカルを置いて歩き出した。

異世界は自由で楽しいけれど、拓真《たくま》——君がいないことには寂しさを感じるよ。

君ならば、ボクが人体実験をやると言い出したら決して許しはしないだろうね。きっとボクを殺してでも止めてくる。非人道的なことをさせるくらいなら、殺したほうがマシと考えるからだ。

君の正義には覚悟があった。独善的で、自分勝手であっても、揺るぎない強さだった。

「——約束、か」

「ひっ！」

雷鳴がとどろき渡る。パスカルは驚いて身を竦《すく》ませた。

「早くボクのもとへ来るんだ、拓真《たくま》」

誠司《せいじ》は雷光を放つ暗雲に向けて話しかけた。

「でないと、どんどん人が死んでしまうよ？」

爆音とともに稲妻が走り、目の前の巨木に落ちた。巨木は瞬《また》く間《ま》に炎上し、王宮にまで火の粉を放ち始める。

周囲が慌ただしくなった。

誰もが暴風雨にさらされることをためらう中、誠司《せいじ》は一人巨木に近づき、にたりと笑った。

＊

眠るたびに怖い夢を見る。もう大丈夫とわかっていても、深層意識にまで刷り込まれた裏切りと暴力への恐怖はそう簡単にはぬぐえない。

『オデット！　お前だけでも……何とか逃れ――』

『お兄様！』

飛び散った血が頰にへばりつく。

兄は夢の中でいつも惨殺《ざんさつ》される。血の生温かさが気持ち悪くて、恐ろしくて。兄が死んだ事実をこれでもかと思い知らされる。

『へへっ、お前はこっちだ！　お前くらいの美人なら高く売れるだろうよ！』

『だ、誰かお兄様を……お兄様を助けて……っ！』

『うるせーんだよ！　なぁ、たまんねーな、大将！　ちょっとくらい味見、いいだろ？』

『馬鹿野郎！　そのちょっとで値段が全然違うんだよ！　手ぇ出したやつは代わりに奴隷として売っぱらうからな！』

『ひひひっ、じゃあ見るだけならいいだろ！　なぁ？　なぁ？』

視線を思い出すだけで恥辱と恐怖で血が凍る。心は擦り切れ、涙は尽き、絶望が視界を黒く塗りつぶしていく。

動悸《どうき》は激しくなり、息が切れ、胸が締め付けられるように苦しい。

（誰か——）

オデットは心の奥底で叫ぶ。

（お願い、誰か、助けて——）

心の叫びなど、聞こえる者はいない。

だがその瞬間、暗い闇が引き裂かれ、まばゆいばかりの光が漏れ出した。

『——オデット。もう大丈夫だ。君に降りかかる火の粉はボクが払ってあげよう。だからもう心配することなど何もないんだ』

冷えた心を溶かす、優しい言葉。手には温《ぬく》もりを感じる。そう、まるで今触れられているかのような——

ふと、オデットは夢心地の中で、覚醒していく自分を感じた。

（あれ……？）

闇は消え、代わりに広がるのは朝日だった。

だがまだまぶたが重い。目を開けたくない。

しかし、だ。ここまで覚醒してなお、なぜ右手だけがこれほど温かいのだろうか……？

「おはよう、オデット」

「ん……？」

「また辛《つら》い夢を見たんだね。無理はしなくていい。今日は仕事を休みにするようメイド長に命じておくよ」

「ご主人……様……？」

オデットが目を見開いた先に、誠司《せいじ》がいた。柔らかな微笑《ほほえ》みをたたえ、手を優しく握ってくれている。

「ボクの愛らしい召使い、お目覚めの気分はいかがかな？」

「ひゃっ――！」

一気に目が覚めた。

オデットは飛び起きようとしてサイドテーブルに手をぶつけた。痛みと羞恥で顔を真っ赤にしていると、誠司《せいじ》は穏やかな笑顔で、

「君は見ているだけで面白いな」

とつぶやいた。

＊

誠司《せいじ》は一日休むように言ってくれたが、オデットは休むわけにはいかなかった。たまりにたまった恩は天高く積み上げられ、雲より高い位置にある。毎日のように見る悪夢程度で休むわけにはいかなかった。

誠司《せいじ》は信じられないほど見返りを求めない。誠司《せいじ》に買われたときもそうだった。お湯を用意し、身を清めさせてくれた。美しい絹の服を惜しみなく与えてくれた。弱った胃に合わせて消化のいいスープを用意してくれた。天国にいるかのような羽毛の掛布団《かけぶとん》を用意してくれた。

オデットは不安になった。

『ご、ご主人様……。わ、わわ、私は何も持っておりません。わ、私はご主人様に感謝をしているのですが、ここ、この通り、少し緊張するだけで満足に話すことさえできない、不出来な娘です……。ここ、これほどのことをしていただくだけの価値が私には——』

『今のところボクが報いているのは、君の能力に対してではない。その誠実な心根に対してだ。君が回復し、仕事ができるようになったら、その仕事ぶりに応じた報酬は別途用意する』

『そそ、そんな、私はそこまでしていただくだけの――』

『その価値を判断するのは君ではない。ボクだ』

そんな風に突っぱねておきながら、かいがいしく世話をしてくれるのである。

誠司《せいじ》はトラウマの恐怖で竦《すく》んでしまうとき、必ず傍《そば》にいてくれた。何度も『もう大丈夫だよ』と言い、手を握ってくれた。

オデットにとって誠司《せいじ》は神よりも上だった。神は何もしてくれなかったが、誠司《せいじ》は身体《からだ》も心も救ってくれた。返しきれるような恩ではなかった。

「……先ほどはお恥ずかしいところをお見せしました」

身支度を整えたオデットは誠司《せいじ》の自室に赴いて一礼すると、毎日の仕事である、朝一番の紅茶を差し出した。

ありがとう――と言いつつ、誠司《せいじ》はオデットの全身を軽く眺めた。

「ボクの言った通りちゃんと綺麗《きれい》にしているようだね」

誠司《せいじ》は言った。『美しさは武器』と。『君は美しいから、常に美しくしておくように。そのための服や装飾品はすべて用意する』と。だから身に着けているものはすべて最高級品だった。

もちろんそれらを美しく見せるための努力もしている。清楚《せいそ》なメイド服は皺《しわ》一つないようにし、腰まであるアイスブルーの髪には短い時間でもしっかりブラシを通した。ご主人様が『水晶のようでとても美しい』と言ってくれたから。

「はい。でも――」

ご主人様のほうが綺麗《きれい》だと言おうとして、オデットは思いとどまった。

艶やかな白髪は人目を惹《ひ》きつけてやまないし、流麗な眉、温和な瞳、整った鼻、涼しげな口元……すべてが見ているだけで天国へ誘《いざな》われるような完璧な均衡を保っている。

「でも……何だ？」

「あっ、いえ、なな、何でもありません。それよりもう一杯……きゃっ！」

カップを取ろうと身体《からだ》を伸ばしたところで足がもつれた。頭に血が上っていたせいだ……なんていうのは言い訳だった。いつも何もないところで転んでしまうから。

「ほら、立てるかい？」

誠司《せいじ》から差し出された手を、オデットはじっと見つめた。

細く長い、陶磁器のような指。触れてしまうだけで汚してしまいそうに感じる。

「あっ、いえ、私のような者にもったいないです！　私は奴隷ですから！」

「もう解放したと言っただろう？」

「だ、だとしても、私は何の後ろ盾もない流民で、ご主人様は宰相閣下のご兄弟にして、立派な貴族です！」

「人と人に隔たりなどないよ。差があるとすれば――」

誠司《せいじ》は胸に手を当てた。

「それは心によって決まる。決して生まれや地位によってではない」

ご主人様は公正で、謙虚で、聡明《そうめい》で──美しい。

その想《おも》いは確信を超え、信仰になろうとしていた。

『苦境にあるときに手を差し伸べてくれた人は、本当に信頼できる人だ。自分だけで生き抜くことが難しいと判断し、もし手を差し伸べてくれる人がいたら、信じてついていくんだ。それがお前が幸せになれる唯一の手段だ』

以前、兄が言った言葉。でも今まで、そんな人はいなかった。

しかし──いた。

最後の最後。人生が終わると思ったときに出会えた。

運命という言葉はあまり好きじゃなかった。でもご主人様には運命を感じずにはいられない。

──私はこの人に会うために生まれてきたのだ。

オデットはそう感じずにはいられなかった。

「ほら」

誠司《せいじ》はオデットの手を取って引っ張った。

「──────」

ふと、オデットは我に返った。ほんの僅かに血のにおいが漂ってきたからだった。

「ご主人様、昨日も実験を……？」

オデットは誠司《せいじ》から実験していることを聞いていた。人体を使う、残虐な実験であることも聞いている。

「ああ、ようやく一定の結果が出てきた。これでようやく次の段階に進める」

血のにおいは残虐さの証《あかし》。死者が数えきれないほど出ていると誠司《せいじ》本人から聞いている。

だが誠司《せいじ》は良心の呵責《かしゃく》にさいなまれている様子はない。むしろ楽しんでいるようにさえ見える。

「オデット、ボクが怖いかい?」

誠司《せいじ》は両肘をテーブルにつけて言った。

「だとしても、自然なことだ。君には特に隠し事をしていないしね。もしボクが怖いせいで仕事に支障が出るなら――」

「そんなことはありません!」

思わずオデットは叫んでいた。

「私がご主人様を恐れるなんてことはありません! 私のすべては――髪の毛一本、血の一滴に至るまで、すべてご主人様のものです! 私はご主人様が世界の敵になろうと、最後までお供いたします!」

ご主人様は残酷な面もあるかもしれない。でも私にはとても優しい。

私は見ている。残酷と言われていない普通の人たちが、どれほど残酷か。

誰も助けてはくれなかった。みんな裏切った。嘲笑《あざわら》った。

誰にだって残酷な面はある。意識せず残酷なことをしていることもある。血を流させることだけが残酷なわけではないのだ。

ならばご主人様だって許されていい。どれほど残酷だとしても、他に残酷な人間がごまんといて、罰せられもせずのうのうと生きているのだから。

「いい子だ」

誠司《せいじ》はオデットの頭を撫《な》でた。それだけでオデットの頬は真っ赤になった。

痺《しび》れにも似た快感。筋肉は弛緩《しかん》し、動悸《どうき》は激しくなり、へたりこんでしまいそうになる。

買ってくれて、優しくしてくれて、温かな寝床においしい食事を与えてくれて――すべてを捧《ささ》げても返しきれないほど大恩のある方。

そんな方に、ほ、ほほ、惚《ほ》れたなんて……あまりにおこがましい。

なのに、なのに――心に鍵はつけられなかった。

＊

誠司《せいじ》は起床後、紅茶を飲みながら三十分ほど読書を行う。その後は中庭に出て一時間ほど訓練。このとき行うのは筋力トレーニングで、いつも一人だ。

「戦闘技術はだいたい学べたが、筋力だけはどうにもならないからね」

と誠司《せいじ》は言うが『だいたい学べた』程度の腕ではないことをオデットは見ていた。

あるときオデットは誠司《せいじ》に連れられ、兵士の訓練の見学に出かけた。

『ボクのいた世界では、剣がすたれていてね。少なくとも、実戦用の技術は持っていない。だから今日、使えるようになろうと思うんだ』

そうなんだ、くらいに聞いていたオデットだったが、言っている次元が違うことを思い知らされた。

最初の一時間。ただ見学をしていただけで誠司《せいじ》は『わかった』とつぶやいた。

そして模擬戦をやることになり、戦うこと十人。最後には王国最強の剣士を倒して終えた。

最初は誠司《せいじ》もぎこちないところがあった。しかし時間が経《た》つにつれて動きは驚くほど洗練され、最終的には全員を圧倒した。

『ご主人様は剣が使えないと言っていましたが、嘘《うそ》だったのですか？』

そうオデットが尋ねると、誠司《せいじ》は何でもないことのように言った。

『本当だよ。ただ技術には体系があって、基礎知識はあった。あとはどのように活用しているか見て学び、肉体にしみこませるだけだ。それを今回したというわけだ』

オデットは絶句した。言っていることが事実だとしたら、異常だった。

ほぼ素人《しろうと》と言える人間が一日で王国最強の剣士になったのだ。そんなことができる人間は今まで見たことがなく、もしかしたら歴史上にさえいなかったかもしれない。

それでも誠司《せいじ》は筋力トレーニングだけは続けていた。すでに相手になる剣士などいないにもかかわらず。

そのことをオデットが問うと、誠司《せいじ》は言った。

『たぶん、鍛えておかないと負ける』

『負けるって……ご主人様が、ですか？』

『ああ。いや、鍛えていてもまともに戦えばまず負けるな。ボクはあいつに身体《からだ》を使うことでは八割負けるんだ』

『信じられません、ご主人様が勝てない人間がいるなんて』

『いるよ。いるんだ。たぶんあいつなら、ボクの半分の時間で王国最強になったな。ボクのことを天才だなんて言った人間がいたけど、本物を知らないから言えるんだよ』

そう語る誠司《せいじ》は、どこか嬉《うれ》しそうだった。

トレーニングが終われば水浴びを行い、朝食を摂《と》る。

本来主人とメイドは別々に摂《と》るものだが、誠司《せいじ》はオデットに一緒に朝食を摂《と》るよう命じた。

恐れ多いとオデットは最初遠慮をしたが、たやすく押し切られていた。

「オデット、位の高い人物に近づく方法はどのようなものがあるだろうか？」

未《いま》だに同じテーブルで食事を摂《と》ることに慣れないオデットは、恐縮しつつ答えた。

「無知で申し訳ないのですが、ただ近づくのであれば、パーティーで話しかけてみてはどうでしょうか？」

「うん、それも悪くないね。ただその人はパーティーに出てこない人なんだ」

「すみません……」

「いや、謝ることはないよ。ただ率直な意見が聞きたいだけなんだ。他に案があれば教えてくれ」

「それなら、ご主人様がその方の家を訪問してはどうでしょうか？」

一瞬、誠司《せいじ》の動きが固まった。

「ボクとその人は敵対する立場にいるんだ。有り体に言えば、警戒されている」

「だとすれば、ご主人様一人で赴けば問題ないかと」

「一人だから安全だと示すわけか」

「敵対の度合いにもよりますが、立場が敵対しているだけなら、会うでしょう。ご主人様は宰相閣下の弟です。無下にはできませんし、話をしたいと言えば内容に興味も湧くでしょうから」

「……なるほど。盲点だったな」

オデットは自分が何気なく発した言葉の意外な効力にむしろ驚いた。

「えっ？　私の言ったこと採用ですか⁉」

「……うん、そうだな。採用だ」

「えええぇぇっ⁉　だって私、適当に言っただけですし……」

「それがむしろ良かった」

「そそ、それにご主人様一人で危険なところへ赴くのは反対です！　私自身で言っておいて何ですが！」

「君はボクの剣の腕を知っているだろう？」

「もちろん知っています！　でで、でも、ご主人様にあまり危険なことをしてほしくは……」

誠司《せいじ》は身を乗り出すと、オデットの口元についていたパンくずを取った。

オデットは頬を赤くした。

ずるい。そんなことをされては、何も言えなくなってしまう。

「君はかなりいい生まれだったのだろう。そのことは物腰や性格、それに貴族の感覚を身に付けていることで察している」

「――――」

オデットはとっさに口元を押さえた。

「あ、あの！」

「言わない理由を言う必要はない。事情があることも察している」

オデットは視線を落とし、スカートの裾をぎゅっと握りしめた。

「申し訳ございません……。兄の遺言なのです……」

「なるほど」

「それに、ご主人様が知ってしまったら、むしろご迷惑をおかけすることになるかもしれませんので……」

「気にしなくていい」

そう言って、誠司《せいじ》は微笑《ほほえ》んだ。

「知ってもボクならば問題ないだろうが、君がそう判断するなら尊重したいと思う」

オデットは立ち上がって胸に手を当てた。

「これだけは信じてください！　私はご主人様に心からの忠誠を尽くしています！　ご主人様の不利益になるようなことは決していたしておりません！　それだけはどうか！」

誠司《せいじ》はオデットの水晶のようなアイスブルーの髪を優しく撫《な》でた。

「疑ったことなんてないよ」

「ご主人様……」

オデットは目をうるませた。

「さて、そろそろ出仕しなくては。君からいい案ももらったしね」

誠司《せいじ》はラックに立てかけてあったマントを羽織った。

「ご主人様、今日はこちらで夕食を摂《と》られますか？」

「そうだな。最近外での食事が多かったことだし、そうしようか。そうだ、この前作ってくれた君の故郷の料理――フィラソフィーニだったか。あれをまた食べたいな」

「あ、あれは慌てて作った夜食みたいなものでして、言ってくだされればもっと手の込んだものを……」

「ボクはあれが食べたいんだ。ダメかな？」

オデットは背筋を伸ばし、深く頭を下げた。

「かしこまりました。腕によりをかけて作らせていただきます」

「では行ってくる」

「行ってらっしゃいませ、ご主人様」

希望と喜びに満ちた朝。

オデットは幸せを全身で感じ、胸に刻まれた傷が癒えていくのを感じていた。

＊

――その三日後。

誠司《せいじ》がヨハン・クルーセル侯爵邸を訪問することが決まった。

クルーセル侯爵にとって現国王アルノルト・イルハーンは困った息子のような存在だった。

教育係を先代王から仰《おお》せつかり、厳しくしつけてきたつもりだった。

しかし向上心がなく、女に弱く、間違いをたくさん犯してきた。そのため立場をわきまえずたくさん叱りもした。

そんな口うるさい侯爵を王は受け入れてくれた。宰相という過分な地位を与えてくれた。

アルノルト・イルハーンは決して理想の君主ではない。だが愛すべき王だった。

なのに――

「陛下……」

今は病気と言われてお目にかかることもできない。息子のデュレルが完全に情報を遮断しているためだ。

あっという間のことだった。

陛下が体調を崩された。これは事実で、主治医にも確認している。

しかし箝口令《かんこうれい》が敷かれ、どうしたものかと思っているうちに、宰相を罷免された。陛下が体調を崩して三日後のことだった。

一応、混乱を避けるためとの説明がデュレルからあった。

言っていることは理解できた。そのころデュレルは大臣だったが、王の長男だ。位の上では
クルーセルが上だったが、立場ではデュレルが上だった。これでは陛下不在の間、どちらが国

政を担《にな》うか混乱をきたす。

そのためデュレルが動き、自分が宰相となることで混乱を最小限にしたのだ。

そう、言っていることは理解できる。しかし手際《てぎわ》が鮮やかすぎた。

現国王に不満を抱く貴族や若手の有望株を瞬《また》く間《ま》に取り込み、デュレル待望論を作り出した。

クルーセルはすぐに敗北を悟った。

デュレルは国のために動いたのではない。自分の利益のために政争を引き起こし、電光石火で勝負を決めてみせたのだ。

『私は侯爵の見識を高く評価している。今後も大臣として国の主柱となっていただきたいのだが、いかがだろうか？』

デュレルからはそう提案されたが、クルーセルは辞退した。

時代が変わったと言われようとも、誰も国王に最後まで忠義を尽くさないなんて悲しすぎる。

そう思った。

「デュレル・イルハーン、か……」

クルーセルはワイングラスを回した。

クルーセルはデュレルに対し、それほど悪い印象を抱いていない。

農民の女に陛下が手を出し、できた子供。教育係だったクルーセルにとって、監督不行き届きの結果であり、申し訳ない気持ちさえ持っていた。

デュレルは国王の子供にもかかわらず苦労してきた。陛下もぞんざいな扱いをしていた。正妻との子供であるアシュレイには惜しみなく愛情を注いでいたのに、デュレルには見向きもしなかった。

にもかかわらず、デュレルは這《は》い上《あ》がってきた。自らの力で上り詰めた。もしデュレルの教育係を仰《おお》せつかっていたら、クルーセルはデュレルの努力に感動し、無条件で褒めたたえていたことだろう。

しかし――

「野心か、復讐《ふくしゅう》か……」

国王の忠臣たるクルーセルにとって、これほど危険な男もいなかった。

「実の父を軟禁するなど、許せるものではない」

クルーセルは決定的な証拠までは摑《つか》んでいなかった。しかしそう判断するのに十分な情報を得ていた。

「デュレルはこの国を繁栄させる者か、それとも――」

どこか信じたい部分があった。しかし現状を見る限り、可能性が高いのは後者だった。

そのとき、ノック音がした。

「ご主人様、セージ・アイヒェンドルフ男爵がお見えです」

「……広間へ案内せよ」

「承知いたしました」

クルーセルは引き出しの奥に入った箱を取り出した。常に持ち歩いている鍵を差し込むと、封蠟《ふうろう》によって閉じられた紙があった。

「陛下……」

万が一のときのために——

そう言って渡された遺書だった。

デュレルはおそらくこの遺書の存在を知り、狙っている。もし自分に不利益なことが書かれていれば焼き捨てなければならないし、有利なことが書かれていれば堂々と公表すればいい。

この紙切れ一枚によって、国の歴史は変わる。

クルーセルにとっては、この紙切れ一枚こそが陛下から与えられた中でもっとも重く、そして誇らしいものだった。

「セージ・アイヒェンドルフ男爵、か」

そんな情勢下でデュレルの懐刀《ふところがたな》と評される男が会いたいと言ってきた。これはただ事ではない。

クルーセルは事前に誠司《せいじ》の情報を集めた。しかし正確な生まれすらわからなかった。

突如現れた謎の男。わかっているのは、異常な才能を持つことと、常識では測れない行動をすることだけだった。

奴隷市場に現れれば買ったばかりの奴隷を殺し、訓練場に現れれば一日で最強の剣士となった。危険なにおいだけで言えば、デュレルを遥《はる》かに凌《しの》いでいる。

「ならば、儂《わし》も決断せねばならぬか」

クルーセルは立ち上がると、本棚の本をどけた。その奥には琥珀《こはく》色の液体が入った瓶が眠っている。そして召使いを呼び、密《ひそ》かに瓶の中身を誠司《せいじ》のスープに混ぜるよう命じた。

＊

「ようこそ、我が館へ。心から歓迎するよ、アイヒェンドルフ男爵」

「縁もつてもないボクを迎え入れていただき感謝に堪えません、侯爵」

「どうぞ、座ってくれ」

「失礼します」

誠司《せいじ》が案内されたのは、中央に長机のあるダイニングルームだった。

侯爵の館だけあって、調度品は一目で高級であることがわかる。

著名な画家が描いたであろう絵画。巨大なトナカイの剥製。光り輝く武具に小物。庶民ならばその一つを売り払うだけで数年は暮らせるだろう。

「時間を昼時に設定したのは、家族がちょうど集まれる時間だったからだ。都でも噂《うわさ》の男爵のことを話したら、皆、君と会いたがってね。会ってくれるかな？」

「光栄です。ありがたく存じます」

「話はあるだろうが、まずは昼食にしよう。お腹《なか》は空いているだろうか？」

「ええ」

クルーセルが二度手を叩《たた》いた。それを合図としてクルーセルの家族が次々と中に入ってきた。

息子、娘、娘婿、孫娘、甥《おい》、姪《めい》——それだけで十人を超える人数となった。

誠司《せいじ》は一人一人に自己紹介をしつつ握手をした。

（例の息子がいるな……）

デュレルが不正の証拠を握っているため、クルーセル亡《な》き後思うように操れると言っていた馬鹿息子。

誠司《せいじ》は一瞬思案し、まあいいと判断した。

「皆、男爵がたった一日で王国最強の剣士となったことを聞いていてね。特に孫娘は君に夢中なのだよ」

「お恥ずかしい限りです。ボクは卑《いや》しい平民の出ですので、魔法が使えません。皆様と違い、戦場で矢を放たれれば、懸命に逃げまどわなければならない程度の腕です」

ここにいる者たちは皆、名門貴族の血統の持ち主。魔法はたしなみだ。

魔法があれば矢など防御魔法で簡単に防ぐことができる。魔法使いにとって矢は、ふいうちでなければ多少魔力を消耗させるだけの代物に過ぎない。

「我らだって魔法だけで戦うのではない。剣の腕を軽視するものは二流だ。アシュレイ王子も、魔法と剣、両方で超一流であるからこそ世界に誇る十英傑であらせられる」

「それでも剣では精々十人を相手するのがやっと。魔法使いの皆様は百人と渡り合えます。アシュレイ王子であれば千人並みとか。誇る程度の腕ではありません」

「そうか、君は謙虚だな」

優秀な剣士は十人並、魔法使いは百人並みというのは戦場での計算方法だ。もし闘技場で出会った場合、魔法を使うためにはタメが必要なため、魔法使いは厳しい戦いとなる。攻撃と防御の魔法を同時に使うことは困難なことから、優秀な剣士が勝つだろう。

しかし戦場での価値は魔法使いのほうが十倍以上ある。魔法使いが集まって時間をかければ、百人程度軽く吹き飛ばせる。だから貴族は皆、血統に魔法使いの血を入れようとするのだ。

「おおっ、ちょうど先ほど話した孫娘が来たようだ」

クルーセルの背から顔を半分だけ覗《のぞ》かせたのは、十歳程度の少女だった。

「あ、あの、アルマ・クルーセルです……。わ、わたし、男爵のお話を聞いてすっかり感動してしまって……」

育ちの良さを感じさせる穢《けが》れのない眼《まなこ》。美しい栗色《くりいろ》の髪は毛先まで磨かれている。

誠司《せいじ》は真っ赤になって話すアルマの手を取ってそっと口づけした。

「これほど美しいお嬢様に見知っていただけるとは、光栄です。以後、セージと気軽にお呼びください」

「セージ、様……」

アルマはぽーっと呆《ほう》けると、そのまま倒れかけて周りから支えられた。

和やかな雰囲気のまま昼食となった。

クルーセルが主としてヘッド・テーブルに座り、誠司《せいじ》は客人としてすぐ横。あとは階級の高い順に並ぶ。

遠くになってしまったアルマが身を乗り出し、手を振る。気がついた誠司《せいじ》が笑顔で手を振り返すと、アルマは失神しかけ、また周囲が助けに入った。

「はっはっは、すっかり人気者だな」

「恐縮です」

なるほど――

誠司《せいじ》は納得した。

デュレルが警戒しているだけのことはある。

敵対する立場にいながら、あくまで好待遇。クルーセル自身も孫娘に優しい好々爺《こうこうや》にしか見えない。大貴族にこれほどの歓迎をされては、大抵の人間は心を許してしまうだろう。

家族を連れてくるのもあざとい。歓迎するように見せかけて、暴挙に及びにくい状況を作り出している。

（いや、待てよ……）

誠司《せいじ》は直接会って、クルーセルの評価を一段上げていた。

だとすると、だ。家族をわざわざ集めた意味が、歓迎ムードを作り上げただけとは思えない。

（……なるほど、そう来るのか）

デュレルが敵対しつつも強行策に出なかったのは、この老人の影響力が侮《あなど》れなかったことと、人材として惜しい気持ちがあったためか。

このレベルの人間なら惜しみもするだろう。きっと国で数少ないまともな政治家であっただろうから。

「さあさあ、男爵。この日のために遠方から取り寄せた逸品揃《ぞろ》いだ」

手始めに前菜が並べられた。海老《えび》、魚卵、ハムに山菜など、山海の珍味がふんだんに使われた鮮やかな料理で、食べてしまうのがもったいなく感じるほど手が込んでいる。同時に焼かれたばかりのパンが運ばれ、適度な腹ごなしとなって次なる料理への期待を高めていく。

前菜がなくなったころに出てきたのはサラダ。季節の野菜がふんだんにあしらわれ、酸味の利《き》いたドレッシングも爽やかで食欲を刺激する。

そして——スープ。

誠司《せいじ》はスプーンですくい、ゆっくりと口元に運んだ。

「…………」

その瞬間、クルーセルに僅かな緊張が見えた――気がした。

「……どうかしたかな？」

「いえ、このスープにはローリエが入っているんですね」

「微《かす》かに香りはするが、それが？」

「申し訳ございません。ボクはローリエのにおいが苦手でして」

クルーセルは目を見開き、固まった。

「そ、そうか。ならば別のスープを用意させよう」

「今からご用意いただいては食事が終わってしまいます。ボクはなしで大丈夫です」

「いや、でも……」

「ただせっかく作っていただいたスープがもったいないですね……そうだ」

誠司《せいじ》はテーブルを見回し、末席にいた可憐《かれん》な少女に目を止めた。

「アルマお嬢様、すでにスープがなくなっていますね。よかったらボクの分を召し上がりませんか？」

「えっ！」

アルマは赤面した。だが反対にクルーセルは青くなっていた。

「無作法かとも思いましたが、せっかくの素晴らしいスープが台無しになるのは忍びないのです。幸い口もつけておりませんし、もし失礼でなければ」

「セージ様のスープ……あ、あのっ、いただきます！　いただいてよろしいですか！」

「もちろんです」

誠司《せいじ》はスープを手に取ると、召使いの一人に渡そうとした。

しかしその瞬間——

「ダメだ！」

クルーセルが立ち上がり、誠司《せいじ》の手を払った。

皿が宙を舞い、スープがカーペットの上にぶちまけられる。

家族一同が突然の行動に驚く中、誠司《せいじ》だけが慈愛をたたえた瞳でクルーセルを見ていた。

「どうされましたか、侯爵」

「い、いや、何でもない！」

「汗がとても出ておられます。何か気になることでもございましたか？」

「気にしなくてもいい。年を取るとこういうこともあるのだ」

「そうでしたか。ご自愛ください。何せ侯爵は、インストリアル王国の要なのですから」

その場にいる全員が、クルーセルの不審な言動と、こぼれたスープに注目していた。

だから誠司《せいじ》がズボンのポケットに手を入れ、中にあった魔石を砕くのに気がつかなかった。

反応はすぐに起こった。

「うぐ……！」

クルーセルの息子が突然苦しみ出す。

「ごはっ！」

クルーセルの甥《おい》がテーブルに鮮血を降らせた。

しかし気にする者などいない。誠司《せいじ》を除くその場にいる全員が、痛みを発していたから。

「うう、ううぅ……」

「痛い痛い痛い痛い痛い痛い痛い痛い痛い痛い！」

「あああぁぁぁぁあっぁあぁ！」

一家全員がもだえ苦しみ、ある者は椅子から転げ落ち、ある者はスープに頭から飛び込む。

「きゃあああぁあぁあぁああぁ――！」

召使いが悲鳴を上げた。入り口で警護していた兵士が室内に飛び込んでくる。

「どうしましたか！」

そして目の前に広がる地獄絵図に絶句した。

「これは毒だ！」

凛《りん》とした声が響き渡る。目を覆いたくなる惨劇の中、まさにそれは救いの声だった。

誰もが声の主――誠司《せいじ》をすがるような瞳で見つめ、冷静で頼もしい佇《たたず》まいに心を奪われた。

「スープが怪しい！　この中でボクだけがスープを飲んでいない！　この館にいる者たちを全

員中庭に集めろ！　召使い、料理人、すべてだ！　きっとスープに毒を入れた犯人がいる！」

兵士たちは我に返り、顔を見合わせて頷《うなず》いた。

「包囲網を敷け！　館から一人も逃がすな！　それと医者を呼べ！　ボクには医学の心得があるから、医者が来るまで何とか保たせられるよう全力を尽くしてみる！」

「は、ははっ！」

「ではわたしがお手伝いを……！」

召使いの一人が名乗りを上げたが、誠司《せいじ》は拒絶した。

「お前も容疑者の一人だ！　証拠を隠されるわけにはいかない！」

「わ、わかりました……」

「何をしている！　警備の者はすぐに動け！　逃げられるぞ！」

「承知いたしました！」

誠司《せいじ》の命令を合図として兵士たちは駆け出し、室内にいた召使いも全員退去した。

ダイニングルームから人が消え、誠司《せいじ》と苦しむクルーセルの家族だけが残された。そのころにはすでに多くの者が吐血の果てに絶命し、僅かにうめき声が聞こえるだけとなっていた。

その僅かな生き残りの中に、誠司《せいじ》はクルーセルを発見した。

立ち上がる力もないらしい。崩れ落ちたままカーペットの上に突っ伏している。口には吐血の跡があった。

そんなクルーセルに誠司《せいじ》はゆっくりと歩み寄った。

「さすが元宰相たる方は生命力が違うらしい。侯爵のおかげで予想以上に事がたやすく進みました。それに加えてこれほど多くの死を見せてくださるなんて……感謝に堪えません」

「や、やはり貴様が毒を……。しかしどうやって……」

「ボクは毒と魔法を組み合わせることにより、毒が効力を発揮するタイミングを自在にすることに成功しました。その魔法とは、傑作なのですが……防御魔法なんですよ。毒と粉末にした魔石を混ぜ、防御魔法をかけると他の物質と混ざらなくなり、熱でも変質しなくなったのです。わかりますか？　これはとても画期的な発見なんですよ？」

誠司《せいじ》は恍惚《こうこつ》の表情で語る。

「このことにより毒見役は過去のものとなりました。秘匿は比べられないほど容易となり、原理を知らなければボクにたどり着くことは不可能でしょうね。もちろん毒は魔法をかけてから二十四時間で本来の姿に戻ってしまい、発動も解除用の魔石を半径一キロ以内で砕くという制限はあるのですが……結果は見ての通り。あれだけの人がいながら、ボクは疑われずに捜査の指揮さえ行える」

「二十四時間……それでは……」

「仕入れの少年を買収しました。ボクの作った毒は、小麦に混ぜてあります」

「しかしパンは貴様も……」

誠司《せいじ》は人差し指を立てた。

「冥土の土産に一つお教えしましょう。毒は破壊力より、利便性のほうが重要です。だから毒を扱う者にとって〝解毒剤《げどくざい》まで作って初めて毒を作った〟ことになるのですよ。解毒剤《げどくざい》さえあれば、今のように自分も食べることで安心させることが可能となりますから」

「で、では儂《わし》の毒は……」

「もちろん気がついていました。ああ、なぜわかったか不思議なのですね。ボクは元々、侯爵がボクを殺そうとするのではないかと予想していました。家族まで呼ぶのは少々意外でしたが、家族の前でボクを殺し、家の意思を統一させる意図があると察してからは、むしろ毒の混入に確信を持つことになりました」

「そ、そこまで……」

「毒の多くはにおいがあるので、何かに混ぜてにおいを隠すことが重要ですが、液体に混ぜるのが王道でしょう。ボクに出された紅茶は他の人と同じポットから出ていたので除外しました。ならばスープが怪しいと思うのは当然のことです」

「き……貴様……インストリアル王国を背負ってきた儂《わし》を殺して、ただで済むとは思うなよ……」

地の底から響くような怨嗟《えんさ》の声を、誠司《せいじ》は肩をすくめて流した。

「こういうのって、思い上がりと言うんでしょうね。元宰相の肩書きにどれほどの価値が？

ボクにとってあなたの命など、他の命と変わりありませんよ。確かにあなたの〝魂の火〟は他の人より大きいですが、実はあのアルマお嬢様も同じくらいでした。美観から言って、あなたの命はアルマお嬢様と同等……それくらいの感想しかボクにはありません」

クルーセルは歯を食いしばり、叫んだ。

「子供を……女を無差別に殺し……貴様はインストリアル王国の歴史さえ踏みにじるのか……っ！」

「歴史、か。くだらないな。与えられた特権を持つ貴族らしい言い草だ。あなた自身はその特権に報いるだけの働きをしたかもしれませんが、一族ではどうでしょうか？　中には子供や女を殺した者もいませんか？」

「それは……」

「生きるのに同じ王朝や国政である必然性などありはしない。むしろ時代に合わせて変化するほうが自然だ。ふふっ、骨董品《こっとう》の考え方だな」

「っ……！　何がおかしい……っ！　笑うな……っ！　笑うなぁ……っ！」

クルーセルの瞳から涙がこぼれ落ちる。

長年の国への奉仕、王への忠誠——様々な思いが血と涙に溶け、血涙となって頬を伝う。

「そんなあなたにこの言葉を贈りましょう」

誠司《せいじ》はクルーセルを見下ろし告げた。

――歴史の掃《は》き溜《だ》めに落ちていけ。

「あなたなど、受験生の頭を悩ませる存在にすらならない。歴史書の端で朽ち果てていく……あなたが落ちていくのはそんな掃《は》き溜《だ》めだ。だが後悔するには値しない。この世に生を受けた人間のほとんどが、そんなものなのだから」

「今……わかった……」

クルーセルはカーペットを引きちぎらんばかりに握りしめた。

「デュレルではなかった……っ！　貴様か……貴様が国を滅ぼす者か……っ！　歴史を貶《おとし》め……伝統を愚弄し……我欲を貪る大罪人め……っ！　貴様に比べれば……デュレルなど、小僧に過ぎん……っ！」

クルーセルが必死に手を伸ばす。

だが――僅か数十センチのところにいる誠司《せいじ》があまりにも遠い。

「国のため……陛下のため……貴様は儂《わし》が必ず殺す……たとえ儂《わし》が死のうとも……呪いによって苦しめて殺す……眠れる日が来ると思うなよ……どうした……何か言ってみろ……セージ・アイヒェンドルフゥゥッ！」

呪いと絶望に満ちた断末魔の叫びが反響する。

クルーセルは腕を落とし、苦悶《くもん》の表情のまま動かなくなった。

誠司《せいじ》は最後の輝きを見届けると、そっと膝をついた。

「……侯爵、あなたの散り際、とても美しいものでしたよ」

そしてゆっくりとクルーセルの目を閉じさせた。

「長年の生、お疲れさまでした」

亡骸《なきがら》に向かって、ゆっくり両手を合わせる。

誠司《せいじ》にとって、相手がどのように生き、どのように死んだかは関係なかった。

すべての死者は平等で、公正。

だからこれは公正なる者に対する、誠司《せいじ》なりの敬意だった。

*

クルーセル侯爵暗殺事件。

その黒幕は第二王子アシュレイ・イルハーンとされた。

アシュレイは父が病床にあることを利用し、自分が王となる機会だと考え、クルーセル侯爵が保管していた遺書を盗もうとした。改ざんして自分を後継者とし、大義名分を手に入れようとしたのである。

捜査は偶然その場に居合わせ、奇跡的に難を免《まぬが》れたセージ・アイヒェンドルフ男爵が指揮。彼はすかさず包囲網を敷き、不審な少年を捕獲した。

少年は侯爵家に出入りしており、食べ物の仕入れを行っていたことがすぐに確認された。その後少年の寝室を捜索。布団《ふとん》の中から毒が発見され、彼が実行犯であることが確定した。

毒薬が非常に高価なものであったことから、セージ・アイヒェンドルフ男爵は黒幕がいると察知した。そのため少年から黒幕を吐かせるため尋問していたが、少年はアシュレイ・イルハーンの名を出したとたんに暴れ出し、自殺した。

セージ・アイヒェンドルフ男爵はそれでも諦めず、毒の入手経路から捜査を進め、ある商人を突き止めた。その商人はフードで顔を隠した男に毒を販売していた。

セージ・アイヒェンドルフ男爵は商人に減刑する代わりに捜査の協力を依頼。そのことが功を奏し、フードの男は捕らえられた。尋問によりアシュレイ派の騎士隊長であることが発覚。こうしてアシュレイの陰謀が明るみに出たのである。

歴史書はこう記す。

『この事件がすべての始まりであった』

——と。

＊

「旦那ぁ！　ねぇ、旦那ったらぁ！」

事件後、誠司《せいじ》は郊外にある農村に足を運んでいた。

暖かな風が吹く、うららかな日だった。

「へへっ、旦那、ここに何があるんですか？　あ、もしかしてこれですか？」

パスカルが小指を立てる。

構わず誠司《せいじ》は足を進めた。

「旦那、あっしの目はごまかせませんぜ？　旦那の持つ荷物……それ、宰相閣下に陛下の遺書を渡したときにもらった褒美《ほうび》でしょ？　それを使ってパーッと遊ぶんですよね？　ね、ね、あっしも一緒に楽しませてくださいよ～」

「褒美《ほうび》じゃない。買収した少年に渡すはずだった、残りの半金だ」

「またまたぁ～、しらばっくれちゃって～」

パスカルは下種《げす》な笑みを浮かべ、肘で誠司《せいじ》を小突いた。

「死んだ家族に渡すだなんて言い出したときはびっくりしやしたが、冷静になってみたら旦那ってばなんて賢いんだって、あっし感動したんですよ？　だってそんなこと言われたら、宰相閣下もあのお美しい姫様も断れないじゃないですか。あぁ～、こんな風にご褒美《ほうび》を巻き上げるなんて、ほんと旦那もワルですなぁ～」

「お前はここで待っていろ。お前の存在は大概の人間にとって毒になる」

「あ、ちょっと、旦那！」

誠司《せいじ》は足を速めてパスカルを振り切った。

目的地であるあばら家はすぐそこだった。穴の空いた戸の前に立つと、中からすすり泣きが聞こえた。

「お前、誰だ」

背後から声をかけてきたのは、目つきの悪い薄汚れた少年だった。

手には薪を持っている。今まで裏手で作業をしていたのだろう。

「君のお兄さんの最期の言葉を告げに来た」

「なっ――」

少年は薪を落とし、誠司《せいじ》に駆け寄って服を握りしめた。

「ほ、本当か！」

「ああ。ボクの名前はセージ。君のお兄さんの死《し》に際《ぎわ》を看取《みと》った者だ」

「まさか……あのセージ・アイヒェンドルフ男爵……⁉」

「ボクを知っているのか？」

「国中の人間が知っている。宰相閣下の懐刀《ふところがたな》にして王国最強の剣士……そしてクルーセル侯爵暗殺事件を解決に導いた辣腕。みんなあんたの噂《うわさ》をしているぜ」

「君はいい風に受け取ってくれているのかな？」

「さあな。おれが興味があったのは、兄貴の尋問をあんたがしたという部分だけだ」

「あれはボクの落ち度だった。死なせるつもりはなかったが、突然のことで止めようがなかった。申し訳ない」

誠司《せいじ》が頭を下げると、少年は慌てて手を振った。

「や、やめろよ！　あんた男爵なんだろ？　おれなんかに頭を下げるなよ！」

「必要だと思ったら頭を下げる。不必要だと思ったら下げない。人間として当然のことだと思うが？」

「変なやつ……」

「ドニ……」

戸がゆっくりと開いていく。

中から現れたのは落ち着きと優しさを醸《かも》し出《だ》した中年女性だった。やつれて粗末な服に身を包んでいても、芯の強さは雰囲気となって表れている。

「か、母ちゃん！　まだ立って歩くのは……！」

「わたしはいいのです……。それより男爵様になんて口の利《き》き方をしているのです……。謝罪をしなさい……」

ドニは口を膨らませ、足元の石ころを蹴飛ばした。

「す、すみませんでした……」

「気にしてないよ」

ドニの母は戸を引いた。

「男爵様……。汚い家ではございますが、よろしければお入りくださいませ……。そして教えてください……。息子が最期に何を言ったのか……」

凛《りん》とした瞳。誠司《せいじ》は人間の価値が生まれや地位で決まるものではないことを改めて教えられた気がした。

今にも崩れそうな椅子に腰かけると、ドニの母はドニに支えられ、細切れとなった薄い布があるだけの布団《ふとん》に入った。

「このような姿で申し訳ございません……。これでも以前より良くなったのですが……」

「いいえ、お気になさらず。事情は知っていますので」

毒の混じった小麦を館に運ばせた少年は、母親が病気だった。不治の病というわけではないが、薬がなければ回復の見込みはないものだった。だが少年は貧しく、薬など到底買えない。

だから誠司《せいじ》は買収する相手としてこの少年を選んだ。母親思いの少年は危険と思いつつも必ず乗ってくると確信していた。

そして読みは——的中した。

「それで……あの子は最期になんと……？」

「……家族は関係ない、と。そして——」

誠司《せいじ》はなるべく感情を排し、しかし冷たくならないよう話した。

「母を救ってほしい……と。そう言っていました」

「あぁぁ……っ！」

気丈な母の目から、涙がこぼれ落ちた。

「あの子が急に薬を持ってきたとき、おかしいと思ったのです……。しかし侯爵様が憐《あわ》れんでお金をお貸しくださったと聞いて、わたしはあのお優しい侯爵様ならあり得ると思い込んでしまった……。きっと、わたしがそう信じたかっただけなのです……。あのとき気がついていれば……わたしはなんて愚かな母なのでしょう……」

手付金として渡した金はあくまで報酬の半分。その全額を少年はすぐさま薬へ換え、母に渡した。

母親思いの孝行息子と言うべきだろう。だがそのことが悲劇を生んでしまった。

残る半分は成功報酬だった。そしてその報酬は、手元にある。

「これをお受け取りください」

誠司《せいじ》は麻袋を渡した。

中にある金貨を見て、ドニとその母は目を丸くした。

「これは……？」

「今回動いたのはアシュレイ派の騎士隊長でした。その騎士隊長から没収したお金の一部です」

「しかし、なぜそのようなお金をわたしに……？」

「息子さんにまったく罪がないとは思いませんが、弱みに付け込まれ、踊らされただけです。悪いのは騎士隊長と、その黒幕であるアシュレイ王子です。息子さんの行動は、不幸ながら成功してしまいました。このお金は、本来息子さんが受け取るべきだった成功報酬です。汚いお金かもしれませんが、ここここそがもっとも正しいお金のありかだと思い、お持ちしたのです」

「そんな……わたしはそんなお金……」

お金に困っているのは明らかなのに、返そうとするのは誇り高い気質からだろう。

そんなドニの母の手を誡司《せいじ》は押しとどめた。

「お受け取りください。あなたにも、そしてこの少年にも必要なお金でしょう。このお金はあなたの息子さんが命をかけて稼ぎ、残したものです。あなたたち以外に受け取る資格のある者はいませんよ」

「あぁぁ……あぁぁあぁぁ……」

泣き崩れる母を見て、ドニが母の手を握りしめた。

「母ちゃん……おれ、強くなるよ……！　強くなって、おれが兄ちゃんの仇《かたき》を討つよ……！」

誠司《せいじ》は見た。ドニの〝魂の火〟が燃え上がっていくのを。

ドニの母は袖で涙を拭った。その眼《め》には使命が宿っていた。

「セージ・アイヒェンドルフ男爵……。息子の最期の言葉、お伝えいただきありがとうございます……。そして息子が残したお金を届けてくださったこと、感謝の言葉もありません……。このご恩、必ず返させていただきます……」

そう告げて、ドニへと視線を向ける。

「わたしがドニを一人前の男にしてみせます……。そして一人前になったとき、男爵のもとへ行かせます……。その際はドニをご自由にお使いください……。それをもってご恩を返したいと思いますが、いかがでしょうか……？」

誠司《せいじ》は力強く頷《うなず》いた。

「了解しました。その日が来るのを楽しみにしています。不安は僅かたりともありません。お二人の目を見て、ボクは今、その約束が必ずや果たされるものと確信していますから」

＊

誠司《せいじ》があばら家を後にすると、二人は見えなくなるまで見送っていた。

周囲から人が完全にいなくなるのを待ち、誠司《せいじ》はつぶやいた。

「いるんだろう？　パスカル」

すると何もなかった空間が色づき、しょぼくれた中年男——パスカルが姿を現した。

「へへっ、さすがは旦那。お気づきでしたか」

「いくら魔法で姿を消していても、気配と音までは消せないからな」

魔法は便利だが万能ではない。効力を知り、警戒すれば対応できるものがほとんどだった。

「いや〜、旦那の人でなしぶりは人体実験で重々承知でしたが、今のはまた、なんていうか……別の意味で背筋が冷え冷えとしましたよ。よくもまあ自分が騙《だま》し、密《ひそ》かに殺した子供の家族の前であんなことを……あっしも相当なワルのつもりでしたが、到底真似《まね》できそうにありやせん」

「九割は本音だ。一割、嘘《うそ》を混ぜているがな」

「……どこが嘘《うそ》で、どこが本音でしたか？」

「さあな。ボクにもわからないよ」

「へへっ、旦那、またご冗談を」

「そうだな、冗談だ」

パスカルはずっこけかけて、何とか踏みとどまった。

「まったく旦那はどこまでが冗談かわからないから困りますよ……。でもじゃあ、あのガキが来るのを楽しみにしているというのは本音で？」

「本音だな。心から楽しみにしている」

「いやはや、理解できませんぜ……。あのガキが真実を知ったら、きっと旦那を殺そうとしますよ？」

「それもまた一興だな。彼の意志が育ち切ったのなら、自ら告げてもいい」

「げっ、そいつはまた……」

「使えるようなら告げずに使うさ。覚えておけ。人は目標ができたとき、強い意志を持つことができる。苦難の道もたどり着きたい場所があるから耐えられるんだ。意志のない者は人形と変わらない。どれほど才能があっても、使い道はないよ」

「じゃあああのガキの意志を育てるためにこんなことを？」

「違うな。それは副次的な効果に過ぎない」

「じゃあ何で」

「あのお金はこう使うのが、もっとも公正だと思ったからだ」

パスカルは頭を抱えた。

「また旦那は訳のわからないことを……」

「人は無意識に公正を望む傾向がある。ボクの世界では『いつかあいつにバチが当たるだろう』なんて根拠もない言葉が好きな人間も多い。そんな公正を望む心をボクは『公正病』と呼んでいる」

「まあ同じような言葉はこの世界でもありますぜ。どこでも人間なんて変わらないものですな」

「つまりボクもまた人間で、『公正病』にかかっているというわけだ。殺人鬼のサガを持つボクが公正にこだわるなんて、まったく我ながら度《ど》し難《がた》いとは思うがな」

「あーはいはい、そうでございますねー。まったく旦那は頭がおかしいんだから。聞いているほうの身にもなって……」

「何か言ったか？」

「あ、いえいえ！　それより！　これから女と遊びに行くんですよね？　暇ができたからこんなことをしているんでしょ？　となれば夜はしっぽりお楽しみになるというわけですよね？」

「残念だったな。今日はオデットが夕食を作って待っているんだ。女と遊びたいなら自分の給料から出すんだな。今回の功績で褒美《ほうび》も出ただろ？」

「そんなのとっくにありませんよ～。ねぇ、旦那～。いい店紹介しますから～」

パスカルがまとわりつく。しかし誠司《せいじ》はまったく相手にせず帰途についた。

＊

一方そのころ。国境のカルデン要塞——

隣国バーズデル王国との敵対関係から、第二王子アシュレイ・イルハーンはその場を動けずにいた。

防壁から見えるバーズデル王国に動きはない。平穏そのものに見える。

しかし二年前、突如奇襲を受け、インストリアル王国は滅亡に瀕《ひん》した。

そのとき軍を率いて撃退したのがアシュレイだった。

以来国内では救国の英雄と呼ばれ、バーズデルでは恐怖と憎しみの象徴となったことから、アシュレイはこの地を治めることとなり、国全体を守護していた。

「バーズデルに動きは？」

アシュレイが側近の一人に尋ねる。

「今のところありません。ただ軍の拡張は続けており、密偵の情報では二年前の規模をそろそろ超えるとのことです」

アシュレイはこげ茶色の髪をかきむしった。

「あー、近々間違いなく来るな」

「しかし今はそれより国内のほうが……」

「わかってるよ。デュレルの野郎、えげつねぇことしやがるぜ」

クルーセル侯爵暗殺事件の顛末《てんまつ》を聞かされ、アシュレイは驚いた。兄デュレルなら策を弄してくると思っていたが、これほど悪辣とは思っていなかった。

「アシュレイ様、進言します」

側近の一人が前に出た。

「兵をお挙げください。そして国権を弄ぶデュレルを取り除き、正統なるインストリアルにお戻しください。もう我慢も限界です！」

さらに別の側近が並んで声を上げた。

「クルーセル侯爵暗殺事件……カッセル子爵暗殺未遂事件……ペップ男爵家放火事件……そのすべてがアシュレイ王子！　あなたのせいにされているのですよ！　おわかりですか！」

「……ああ、わかってる」

「ならば！　なぜお立ちくださらないのです！　やつらは卑怯《ひきょう》すぎます！　王子をここまで愚弄されて、もはや黙っていることはできません！　すぐにご決断を！」

「しゃらくせぇ！」

アシュレイの一喝に、側近たちは口をつぐんだ。

普段はずぼらでいい加減と言われるアシュレイだったが、同時に歴戦の将軍にして救国の英雄でもある。そのため真剣になると周囲を圧するほどの存在感と威厳を兼ね備えていた。

「あの野郎と事を構えるってことは、同じ国民同士で殺し合うってことだ。悲惨だぞ、内戦は。国のことを考えればいいことが一つもねぇ。もちろんおれだってあの野郎に思うところはあるが、それでもそれは最後の手段だ。そのことがわかってんのか？」

「しかしそれでは手遅れに……」

「まだ待てる。もう少し待っても勝算はある。だから、それまで待て」

「何を、でしょうか？」

「……言いたくねぇ」

アシュレイがボサボサの髪をかきむしると、周囲にフケが飛び散った。

「報告します！」

兵士の一人が防壁に現れる。

「スガヌマ殿が戻ってきました！」

「おっ、予定より早いじゃねーか！」

目を輝かせたアシュレイは、兵士が続きを話す前に駆けだしていた。

途中、兵士たちがアシュレイを見て驚き、慌てて頭を下げる。アシュレイは『お疲れ！』とか『ご苦労！』などと声をかけて駆け抜けていく。

王子が護衛もつけず、あまつさえ兵士に気軽に声をかけるなどということは本来ありえない。しかしここカルデン要塞では日常の光景だった。

アシュレイが広間へ現れると、その場で待機していた兵士五十名は一斉に敬礼した。だがアシュレイは彼らに目もくれず、先頭に立つ濃青の鎧《よろい》で身を固める男に歩み寄り、右手を掲げた。

「早かったじゃねーか、タクマ。当初の予定じゃ三日後だろ？」

「まあ、順調に事が進んだのと、ちょっと気になることがあってな」

「気になること？」

「……それよりアシュレイ、お前くせーぞ。風呂《ふろ》、入ってるか？」

「あ？　風呂《ふろ》なんてどうでもいいんだよ」

「お前王子だろ。専用の風呂《ふろ》ぐらいあるだろ。周りのやつ、お前に気を遣って言わねーだけで、すっげー嫌な思いしてるだろ、これ」

秘書官が同調して何度も頷《うなず》く。それを見て、アシュレイは意外そうに言った。

「そうだったのか？　いや、お前ら男だし、気にならんだろ」

「何事も限界ってもんがあるだろうが。いくら見た目が傭兵《ようへい》みたいだからって、許されるレベルと許されないレベルってもんがあるんだよ」

アシュレイは知らない人間からよく傭兵《ようへい》に間違えられていた。

荒々しく、不潔で、粗雑。ただ陽気であるため、好意的に見た者からは『叩《たた》き上《あ》げの隊長さん』と呼ばれる。どちらにせよ王子とはほど遠い印象を持たれるのは間違いなかった。

「この痴《し》れ者《もの》がっっ！　分をわきまえろっっ！」

発したのはパルペン伯爵だった。インストリアル王国創成期からの名門の出で、国でトップクラスの魔法使いとして軍の一角を担《にな》っている人物である。

「貴族でもなく、王子より一回りも年下の分際で敬語一つ使わないとは……無礼にもほどがあるっ！」

「俺はアシュレイに客人として招かれているんだ。部下でもねぇってのに、対等に話して何が悪いんだ？」

「常識も持たぬ蛮人がっ！　王家の歴史と誇りも知らぬくせに口を開くなっ！」

「いいって、パルペン。おれが許してんだよ」

アシュレイは気さくに手を振った。

「おれは王子って柄じゃねぇんだ。それによ、おれはこいつのこういう遠慮のなさが気に入ってんだ」

「しかし……っ！　これを許していては示しが……っ！」

「まあ、みんなこいつみたいだったらさすがにまずいが、黒髪でわかるようにこいつは明らかに異国人。この国の人間じゃねぇんだ。ならおれと対等に話したっていいだろ」

「ですが……っ！」

「あー、はいはい。それより正式な報告をまだ受けてねーぞ。ちゃんと報告しろよー」

そう言ってパルペンのお小言から逃れると、アシュレイは壇上に用意された椅子に座った。

事態は二週間前にさかのぼる。

カルデン要塞近郊の都市で反乱が起こった。兵数は二千。補給の要地であったことから、捨て置くことはできなかった。

しかし隣国バーズデル王国もきな臭く、数千の兵を引き抜いては防衛に支障が出る。どうしようか検討しているとき、発言したのは拓真《たくま》だった。

『兵を五十ばかし貸してもらえれば、二週間で収拾してきてやるよ』

拓真《たくま》が誰なのか、なぜ会議にいるか、誰も知らなかった。そのため会議は紛糾した。

——そもそもこの男は誰だ！　なぜこの会議にいる！

——大口を叩《たた》きおって！　そんなこと誰ができるか！

——この詐欺師が！　どうせ金だけ奪って逃げるつもりだろ！

罵声が飛び交う光景をたっぷり楽しんだ後、アシュレイは自分が客人として呼んだと告げ、反対を押し切り、任せてしまった。

その結果は、皆の予想以上のものだった。

「死傷者ゼロで、首謀者も全員捕らえた、だって……？」

頼んだアシュレイでさえ驚きを隠せなかった。

「信じられん……。それは本当か……？　おれでさえ無理だぞ……？」

「そんなに難しい話じゃない。反乱ってのは不満があるから起きるものだが、現状内政は安定しているし、敵国の脅威があり、デュレル、アシュレイという次代の希望もある。このタイミングで起きるのは明らかにおかしいだろ」

「ああ、おれ自身不思議だった」

「で、調べてみたら予想通りデュレルの息のかかった反乱だった。元々首謀者も人質を取られていたから反乱を起こしただけで、士気は低かった。だから人質が捕らえられている場所を探し、助け、あとは説得しただけだ」

「なるほどなー。ははっ、それにしても随分鮮やかにやりやがるぜ。脳筋仲間だと思ってたのによ、お前策も使えるのかよ〜」

「勝手に仲間にするんじゃねぇよ」

文官は拓真《たくま》に冷ややかな視線を送っていたが、軍人は見る目を変えていた。

軍人は拓真《たくま》の話す内容が簡単なことではないとわかっている。そのため無礼さはどうあれ、凄《すご》い男であると評価せざるを得ない状況となっていた。

「ああ、それと、遠征中に一つ判明したことがあるから報告しとくぜ」

「何だ？」

拓真《たくま》は振り返り、目で合図する。すると一人の兵士が拘束された中年男を連れてきた。

「この男は人質捜索の協力者の一人だ。だが不審な様子を感じて取り調べをしたところ、今回の反乱にパルペン伯爵が繋《つな》がっているってことがわかった」

「何だって……？」

アシュレイは柄に手をやってパルペンをにらみつけた。

禿《は》げ上《あ》がったパルペンは顔を青くしたが、すぐに唾を飛ばさんばかりの勢いで反論した。

「王子！　王子は長年魔法使い隊を率いてきた私ではなく、素性もわからぬこの男を信用なさるのですか！」

「…………」

アシュレイは眉根に皺《しわ》を寄せた。

パルペンは確かに魔法使い隊を長年率いており、一応の信頼はあった。そのため拓真《たくま》が嘘《うそ》をついているとすれば、パルペンの不満は当然のこと。あえて言葉は発しなかった。

そこへパルペンが熱弁をふるう。

「この男はある村で山賊を撃退し、村の民を守ったとの話を聞きましたが、にわかには信じられませんな！」

「それは本当だぜ。おれが話を聞いて駆けつけたら、こいつは村の民を巧みに指揮し、山賊を撃退したところだった。見慣れぬ黒髪だったから話を聞いてみると、助けてもらったから恩を返したまでだと言う。見どころあるだろ？」

「ですがその話、この男が山賊と戦っていたところを見たわけではありますまい？　もしかしたらすべてデュレル王子の仕込みであり、王子を騙《だま》して懐《ふところ》に入るための策かもしれませんぞ？」

「それはないと言いてぇが……いや、あの野郎ならあり得るか……？」

拓真《たくま》は鼻で笑って割り込んだ。

「おいおい、そこのハゲチャビン」

「ハ、ハ、ハゲチャビンとは、わ、私のことを言っているのか！」

「ハゲは他にいねぇだろ」

脳天まで真っ赤にして怒るパルペンに、拓真《たくま》は容赦なく追撃を加えた。

「おい、ハゲ、もしお前が言っていることが本当なら、俺みたいな髪のやつを使うか？　もっと目立たねぇようなやつを使うだろ？　だいたいお前の言った策は、あまりにも大掛かりすぎだ。山賊と村人、全部をデュレルが買収したとでもいうのか？　もしそれだけ手の込んだことをしておいて、密偵役に俺みたいなやつを選んだのだとしたら無能すぎるだろ。そう思わねぇか？　なぁ、ハゲチャビン伯爵よぉ？」

「こいつ、どこまで私を愚弄する気か……」

拓真《たくま》はパルペンを無視して振り返った。

「おい、アシュレイ。無理してこの場で判断しなくてもいいぜ。証拠と証人は揃《そろ》えてある。まずこいつを拘束し、その後ゆっくり証拠と証人を吟味すればいいだろ」

「そうだな」

兵士がパルペンを囲む。

だがパルペンの反応は早かった。包囲網が完成する前に魔力を込め始めていた。

やばい、と思ったときにはもう遅い。両手に炎を抱き、包囲の兵が近寄れないようにしていた。

「貴様らごときが私を捕らえられるものか！」

余裕の笑みをにじませ、パルペンは拓真《たくま》を探した。

「スガヌマ！　よくも私に屈辱を！　貴様だけは逃げる前に殺して――」

「――はいはい、無駄口ご苦労さん」

拓真《たくま》はすでにパルペンの背後に回っていた。パルペンが魔力を放とうとしたときにはすでに間合いの中。目にもとまらぬ速さで抜刀し、パルペンの右腕を斬り落とした。

「あぎゃぁああぁあぁぁぁ！」

パルペンの絶叫がこだまする。

「手がぁぁ――っ！　私の右手がぁぁぁ――！」

パルペンが半狂乱となる中、すでに拓真《たくま》は次の一手を放っていた。

右手を斬り落とした勢いそのままに、身体《からだ》を反転させて剣を振るう。

――ギィイインッ！

鈍い金属音が広間に響き渡った。

交差する剣と剣。だがそれは拓真《たくま》とパルペンのものではない。

アシュレイ・イルハーン。

彼もまた音に聞こえた熟練の剣の使い手であり、拓真《たくま》から僅かに遅れたものの、他の者がまばたく間に詰め寄り、パルペンを斬り捨てようとしていたのだった。

「何をしやがるんだ、タクマ！　どけっ！　裏切りの落とし前はおれがつける！」

「バカ、ちったぁ落ち着けよ。こいつには情報を吐かせる必要があるだろうが。気持ちはわかるが熱くなり過ぎだ。それと——俺は人殺しは好きじゃねぇ」

「…………ちっ」

アシュレイはポイッと剣を投げ捨てた。剣は宙で回転し、きっちり四回転で腰に着けた鞘《さや》に納まった。

「しかしお前、口が悪い割には人がいいな」

「何のことだ？」

「パルペンを挑発することで恨みを自分に向けさせ、犠牲が出ないようにしたんだろ？」

「犠牲がないなら、それが一番だろうが。だからって俺は別に善人ぶる気はねぇよ。必要があれば俺は容赦なく斬り捨てる」

「ま、言うだけの腕はあるな。おれの剣を止められるやつなんざ、お前以外この国にはいないぜ」

「……いや、いる。少なくとも、もう一人は」

「？　どういうことだ？」

拓真《たくま》の目に暗いものが宿るのをアシュレイは見逃さなかった。

「……一つ、噂《うわさ》を聞いた。クルーセル侯爵暗殺事件についてだ」

「あー」

アシュレイはこげ茶色の髪をかきむしった。

「どんな風に言われていた？」

「お前が犯人じゃないことはわかっている。そんなことする性格じゃねぇし、それだけのことができる能力もない」

「実際そうかもしれないが、お前、さりげなくひどいこと言うよな……」

「お前に陰謀の才能はねぇって言ってるだけだ。その分、魔法の才能に剣の才能、兵士を使う才能、他にもたくさん持ってるだろうが」

「いや、褒められているようでやっぱり馬鹿にされている気がするぞ」

「気にすんなって。それよりその捜査の指揮をした男の名だ」

「――〝白髪の貴公子〟セージ・アイヒェンドルフ男爵」

アシュレイがその名を口にすると、拓真《たくま》は肩を震わせた。

「お前がちょうど反乱鎮圧に出ていったころから耳にするようになった名だ。こいつの名が広まったころから、急速に流れが変わった。おれはこいつがクルーセル侯爵暗殺事件の真犯人だと思っている。もちろんデュレルの野郎がバックだ。クルーセル侯爵暗殺事件後、暗殺や放火、失踪事件が頻発している。それらのほとんどにこいつが関わっていると推測しているが……あいにく尻尾は摑《つか》めてねぇ。噂《うわさ》を聞く限り、危険な感じがするぜ」

「誠司《せいじ》……お前はまた人を殺しているのか……」

つぶやきは小さく、アシュレイの耳にさえはっきりと聞こえなかった。

そのため問いかけようとしたところ、拓真《たくま》が顔を上げた。

決意に満ちた男の目だった。

アシュレイはこうした目を持った男を戦場で何度も見てきた。彼らはその後勇敢に戦い――最後には死んだ。

「アシュレイ……反乱鎮圧の褒美《ほうび》、くれるか？」

「もちろん褒美《ほうび》は出すつもりだが……内容によるぞ？」

拓真《たくま》は深々と頭を下げた。

「誠司《せいじ》を止めたい。頼む。力を貸してくれ」

アシュレイは驚きを隠せなかった。拓真《たくま》との付き合いは長くないが、この男の根っこは誇り高く、他人を当てにするようなところがないと感じていたからだった。

「あいつを止めるのは、俺の役目だ。だがあいつが国をバックにつけたなら、俺も誰かをバックにつけなければ止められないだろう。もちろんお前に損はさせない。俺の信念が許す限り、お前の力になろう」

「おれもやつを止めたい。だからお前の申し出は大歓迎だ。だが一つだけ約束できるか？」

「何だ？　条件なら何でも言ってみてくれ」

「──死ぬな」

拓真《たくま》はよほど意外だったのだろう。数秒固まった後、まばたきをした。

「おれはお前を気に入っている。死ぬ気なら協力はできねぇよ」

拓真《たくま》は視線を落とした。

「それなら約束はできねぇし、保証もできねぇが、死なないよう最大限努力することだけは約束する」

「お前、嘘《うそ》がつけねぇやつだな」

「……その言葉、かつて似たようなことを言われたことがある」

ニュアンスでアシュレイは気がついた。

「やつにか？」

「……ああ。だから俺が止めなきゃならないんだ」

拓真《たくま》には死相が出ていた。

死にゆく人間には、独特の迫力が伴う。ただでさえ尋常ならざる才能と力を有する拓真《たくま》が死を背負うと、負の情念は周囲を圧《お》し、息苦しささえ覚えるほどだった。

「……わかった。それでいい。おれの力を貸してやるから、お前の力をおれに貸してくれ」

「すまない」

不器用な男だ、とアシュレイは思った。

アシュレイはかつて野良犬《のらいぬ》を拾ったときのことを思い出した。せっかく連れ帰ったのに王宮の者に取り上げられて捨てられそうになっていたところ、父が通りかかって飼うことを許してくれた。しかしこれがなかなかにプライドの高い犬で、決して尻尾を振ろうとしなかった。なのにその姿が不思議と愛おしかったことを覚えている。

男には退けないときがあるよな、タクマ。よくわかるぜ。

なら進むしかないよな。それがたとえ修羅の道だとしても。

第三章　宿敵

＊

「そうだ、ボクが香奈《かな》ちゃんを殺した――」


雨がちらついてきた。

都会の喧騒《けんそう》から離れた墓地は今、世界が眠りについたように音が失われている。

「どうだい、答えが聞けて満足したかい？　拓真《たくま》」

微笑《ほほえ》む誠司《せいじ》とは対照的に、拓真《たくま》は震えていた。

歯の根がかみ合わず、かちかちと鳴っている。普段は他人を委縮させるほど覇気に富んだ瞳に、今は絶望の影が色濃く浮かんでいた。

「ボクはね、病院の監視カメラの位置、角度をすべて知っているんだ。まあ父さんが経営している病院だからね。今回のためではなく、ずっと前から知っていた。だからカメラの死角から部屋に入って、窓の外に注意を向けさせて、後は少し押すだけ。簡単なものだよ。大丈夫、香《か》奈《な》ちゃんは苦しまなかったよ。ボクは『死』を愛しているだけで、苦しむ様を見ることに興味燃え盛る。

はないから」

「誠司《せいじ》……お前……自分が何を言っているかわかってんのか！」

激情に導かれるように、拓真《たくま》の胸に宿る〝魂の火〟がその身を焦がさんばかりに一段と青く燃え盛る。

——それだ。

誠司《せいじ》は思う。それが見たかった、と。

「拓真《たくま》、君はどうしてボクが犯人とわかったんだ？」

「……香奈《かな》は臆病だ。どれほど苦しくても、自殺を選べるようなやつじゃない。誰が信じなくても、ずっと見てきた兄の俺だけが、それを確信している」

拓真《たくま》の妹——菅沼香奈《すがぬまかな》の死因は窓からの転落死。そのことに異を唱えたのは拓真《たくま》だけだった。

拓真《たくま》の訴えに警察は耳を貸さなかった。

香奈《かな》は心臓に大病を患《わずら》っていた。幼いころから手術を繰り返し、大人になるまで生きられないと言われた少女だった。そのため病気を苦にして自殺——そう処理された。

警察の判断が間違っていたわけではない。遺書があり、自殺であることが記してあった。他殺をほのめかす証拠もなければ容疑者もいなかった。何より殺す動機が誰にもなかった。

それゆえ兄の必死の訴えも大切な妹を失ったがゆえの錯乱としか見えなかった。

「君だけじゃないよ」

誠司《せいじ》は告げた。

「ボクは二年間、君たち兄妹《きょうだい》の絆《きずな》を見てきた。ボクも知ってるよ。香奈《かな》ちゃんは臆病だから、決して自殺を選べる子じゃないって。決して君は一人じゃない」

拓真《たくま》は一瞬笑顔を見せかけ、すぐに我に返ると、慌てて頭《かぶり》を振った。

次に現れたのは、苦虫をかみつぶしたような苦悶《くもん》の表情だった。

「なぜ――」

拓真《たくま》は泣きそうな顔をしていた。

「それほどまで俺たちのことを理解し、優しい言葉さえかけられるお前が、こんなことを――」

「………ボクはね、昔から生物の胸に青い炎が見えたんだ。最初は周りの人間も見えると思っていた」

これは告白だ。誰も信じない、荒唐無稽な絵空事のような内容。

でもこんなになってまで友情を捨てきれない不器用な友人に、誠司《せいじ》は聞いてほしいと思った。

「だが両親に聞いても見えないと言う。年を取るにつれて、それがその生物が持つ〝意志の強さ〟であるとボクは理解した。だからボクはこの青い炎を〝魂の火〟と名付けた」

「〝魂の火〟……？」

「そう。これはね、特異能力と言えるものじゃない。ただ意志の強さが見えるだけなんだ。何の役にも立たない。幻覚と言ってもいいと思う。だけどね、これが実に綺麗《きれい》なんだ……」

誠司《せいじ》は目を細めた。

「特にね、死ぬときは格別だ。こう、ロウソクの最後のように、ボッと燃え上がり、そして消えていく。これがたまらない。最初は昆虫からだった。飽きると犬や猫になり、段々と頭脳の発達した動物を殺すようになった。炎の大きさはおおよそ頭脳に比例するからね。その分綺麗《きれい》なんだ。そして今はもっとも炎が大きい生物——人間になった」

「それがお前の持つ『怪物』の正体か——」

拓真《たくま》は拳に力を込めた。力の入れ過ぎで皮膚が破れ、血が流れる。それでも力を弱めようとはしなかった。

拓真《たくま》の表情に乱れはなかった。感情を押し殺しているのではない。すべてを決断した男の顔になっていた。

「——俺から最後に一つ、言いたいことがある」

「どうぞ」

「自首をしてくれ」

「嫌だ、と言ったら？」

「そう言うと思っていた」

拓真《たくま》はパーカーのファスナーをおろした。

「俺はできればお前に法の裁きを受けてほしい。だが自首しない以上、お前を罪に問えるだけの証拠はない」

「当たり前だよ。ボクが証拠を残すような真似《まね》、すると思うかい？」

拓真《たくま》はパーカーを脱ぎ捨てた。

猛《たけ》り狂《くる》っているためだろうか。拓真《たくま》の上半身から蒸気が上っている。

拓真《たくま》は折りたたみナイフをポケットから取り出し、刃を誠司《せいじ》に向けた。

「俺はお前に約束した。お前が自分の中の怪物に負けたのなら、必ず止める——と。その約束を今、果たしてやる」

「止められると思うかい？」

「止めるさ……殺してでも」

誠司《せいじ》は悪魔のように口元を吊《つ》り上《あ》げた。

「実にいい。やはり君にも怪物はいる。正義のためなら人殺しもためらわないその心。それはもう正義を超えている。やはりボクと君は対等だ」

誠司《せいじ》は胸ポケットに差したボールペンを手に取ると、腰を落として構えを取った。

一層冷え込みが強くなっていた。雪の粒は大きくなり、降り積もる様相を見せている。

だが張り詰めた緊張が身を焦がし、内から湧きあがる歓喜と興奮によって寒さは感じなかった。

――人生最高の絶頂の瞬間が待ち受けている。

その予感に誠司《せいじ》は芯から痺《しび》れた。

「そうだ、拓真《たくま》。ボクは君に、ずっと前から言おうと思っていたことが一つあるんだ」

「………何だ？」

「ボクは――」

そのときのことだった。地鳴りと共に地が揺れた。

「地震か……!?」

「いや――」

墓地の地面が怪しげな紫色の光を放つ。

描かれているのは魔法陣。幾何学的な文様がちりばめられ、文字一つ一つが光を帯びて浮きあがって見える。

(古代ギリシャ語？　ルーン文字？　いや、どちらとも違う――)

誠司《せいじ》はとっさに解読を試みたが、知る限りの言語でないのは確かだった。

次に誠司《せいじ》は魔法陣に触れてみようとした。しかし次の瞬間――

「うっ……」

固い地面がまるで沼と化し、足が吸い込まれた。

誠司《せいじ》は足を引き抜こうとした。しかしどういう原理かビクともしない。

「拓真《たくま》」

全身が呑《の》み込まれる寸前、誠司《せいじ》は告げた。

「また会おう——」

そして視界は闇に覆われた。

…………………

…………

……

目を覚ました誠司《せいじ》は、窓から注ぐ朝日に目を細めた。

「ご主人様、起床のお時間です」

ノック後、オデットが入ってくる。

「いつもありがとう、オデット」

そう答えると、オデットは顔を赤らめ、両手で目を覆い隠した。

「どうした？」

「あ、いえ！　いつも私が入るとすでに服を着替えられていたので、寝間着姿もなんてお美しいことかと……って、ああ！　違います！　見慣れぬ姿に驚いてしまっただけです！」

「そういえばそうだな」

誠司《せいじ》は寝間着をつまんで引っ張った。

「どうか、なされたのですか？」

オデットがトーンを落とした。心配げな様子が伝わってくる。

「そんなにおかしいかな？」

「いえ、おかしくはないのですが……どこかご主人様らしくないな、と思いまして」

「いい夢を見たんだ」

誠司《せいじ》は噛《か》みしめるように反芻《はんすう》した。

「――そう、とてもいい夢だったんだ」

「それはよかったですね」

オデットは安堵《あんど》し、花のような笑顔を見せた。

「今日はもう少し寝られますか？」

「いや、いい。朝一で来るよう宰相閣下に言われている。いつも通りでいくよ」

「では紅茶をお持ちします。少しお待ちください」

オデットはお辞儀をして部屋を後にした。

誠司《せいじ》は再び窓の外に目を向けた。

「吉兆か、それとも凶兆か。どちらにせよ、君が近づいてきていることの表れなのかな？　そうだろ、拓真《たくま》」

答える者はいない。ただ小鳥のさえずりだけが朝日に溶けている。

＊

誠司《せいじ》が宰相室へ入ると、デュレルは机に地図を広げ、じっと眺めていた。向かいに立つシンシアの表情も硬い。よくないことが起きたと誠司《せいじ》は察知した。

「来たか、セージ」

「何かございましたか？」

「ああ」

誠司《せいじ》は視線を地図に落とした。

インストリアル王国は大陸の南西に位置する半島国家だ。隣接しているのは北で蓋をするようにあるバーズデル王国のみ。形や位置を元の世界に当てはめれば、スペインがもっともイメージに近いだろう。

バーズデル王国とは代々仲が悪いため、インストリアル王国は自然と交易は海路が中心となった。その結果、ここ王都も南部にある港に接していた。

「策に支障が出た。下手したら根本的な修正をしなければならないかもしれない」

「どういうことでしょう？」

デュレルは机に肘をつき、顎を手の甲に載せた。

「シンシアは私とセージで立てた計画の全貌を知らなかったな？」

「わたしはアシュレイ王子の勢力を切り崩すよう命じられていただけですが……」

「いい機会だ。知っておいてもらおう」

デュレルは地図に置かれた模型を動かした。

「アシュレイの兵力は一万。私たちの兵力は三万だ。普通に戦えば勝てる。だが相手はあいつ──僅か千で二万のバーズデルを追い返したアシュレイだ。博打《ばくち》を打つには危険すぎる」

「そのため宰相閣下はまず大義名分を手に入れようとされました。クルーセル侯爵暗殺により遺書はすでに閣下の手元にあるので、正統な後継者となることができます。この効果でアシュレイ軍の少なくとも三分の一は閣下のもとへ降《くだ》るでしょう」

誠司《せいじ》は兵士をかたどった模型の一部をアシュレイの領地から首都へと動かした。

「だがまだ足りない。まだ確実ではない。そこで目をつけたのはバーズデル王国だ」

バーズデル王国には五万の兵力が置かれている。

「バーズデル……!?」

シンシアは顔を青くした。

「いけません、お父様！　バーズデルが二年前に攻めてきたことをお忘れですか！　信用できるものではありません！　そもそも内戦に他国を干渉させるのは亡国の原因となります！」

実のところ、誠司《せいじ》の意見はシンシアと同じだった。

内戦に他国の援助を借りるのは愚の骨頂。その恩に報いるには多大な犠牲を払う。港か、領地か、特別な待遇か。

いずれにせよ国内の利益の一部を分け与えることになるだろう。それは内戦終了後の内政において百年の禍根となりかねない。

「今のバーズデルの王は愚鈍だ。後でどうとでもなる。問題はアシュレイのほうだ」

誠司《せいじ》が摑《つか》んでいる情報でも、バーズデル王は愚鈍となっていた。そのためデュレルの判断はおかしなものではない。アシュレイのほうが危険なのも事実だろう。

ただデュレルの策は、ある意味やりすぎだった。

すでに現在戦端を開いても九割以上勝利は疑いない。相手の何倍もの兵力を揃《そろ》え、大義名分まで手にしている。相当な奇策によって不意を突かれない限り、負けようがない。

それだけの状況を作り上げておいて、リスクの高い他国の参入まで画策するのは度を越している。戦争において百パーセント勝てる状況などないのだから、慎重すぎると言えるだろう。

「私はバーズデルとすでに話し合いをしていた。アシュレイが兵を挙げた際、後背を討つというものだ。バーズデルにとってアシュレイはもっとも邪魔な男だからな。すぐに乗ってきた」

「――――」

シンシアは絶句していた。

無理もない。この策には、デュレルの執念が見え隠れしている。

敵対する国と結んで、徹底的に叩《たた》き潰そうとしている。まさに手段を選ばぬ策だ。

なぜそこまで……とシンシアは思っているに違いない。

だが内実を知れば話は変わるだろう。温室のお姫様に隠された歴史を知れば。

「しかし昨夜、パルペンを主とした工作をさせていた者たちが一斉に捕まったとの報告があった。これだけ根こそぎとなると、パルペンが自供したのだろうな。これでバーズデルとの繋《つな》がりが途絶えた。即急に対案を用意する必要がある」

誠司《せいじ》は呼び出された理由を理解した。

「……なるほど、それが支障ですか。しかし不思議ですね。アシュレイ王子の傘下《さんか》は勇猛な軍人こそ揃《そろ》っていますが、それほど目の開いた者はいないはず。パルペン伯爵も今までうまくやっていましたのに」

デュレルは上目づかいで誠司《せいじ》を見た。

「――スガヌマ・タクマ。聞き覚えはあるな？」

その瞬間、誠司《せいじ》は雷に撃たれたかのような衝撃を覚えた。

思わず笑みが湧き上がり、快感が指先まで貫いていく。

「ええ、ええ、よく知っていますよ」

「その男がパルペンの不正を見つけ、捕らえたのだ。どうやら今、アシュレイの個人的な客人として特別な位置にいるらしい。アシュレイもその男には常にない信頼を見せているとのことだ」

「さすがだ、拓真《たくま》。君は期待を裏切らないね」

全身を駆け巡る高揚感。

そうだ、やはりボクをこんな気分にさせてくれるのは君だけだ。

「彼ならばパルペン伯爵の捕縛もやむなしでしょう。今後の対応、慎重にいくべきかと」

「そうだな。聞くところによると、その男は武勇においても相当なものらしい。対処できるか？」

誠司《せいじ》は歪《ゆが》んだ笑みを浮かべた。

「ボク以外の何者にできるでしょうか？」

「……ならばいい。即急に対案を提示せよ」

「了解いたしました」

「話は以上だ。下がっていい」

誠司《せいじ》は一礼して踵《きびす》を返《かえ》した。しかしシンシアはその場に留まっていた。

「お父様、わたしから一つ提案があります」

シンシアの碧眼《へきがん》が真《ま》っ直《す》ぐにデュレルを見つめる。決意の伴った横顔は、野辺に咲く花のように美しい。

「いいだろう。言ってみろ」

「アシュレイ王子と和解できないものでしょうか？」

ようやくその結論に達したか、と誠司《せいじ》は心の中で思った。

誠司《せいじ》は情報が揃《そろ》い、王国の勢力図、主要人物の性格等を勘案したとき、この国にとって最善はデュレルとアシュレイが手を組むことだと考えていた。

デュレルは内政に秀《ひい》で、アシュレイは軍事に秀《ひい》でる。もし二人が手を組めば、インストリアル王国はかつてない繁栄と進展を見せ、黄金時代として記憶されるであろうことは疑いない。

「お父様がアシュレイ王子に思うところがあるのは知っているつもりです。しかしアシュレイ王子はすでに手を差し伸べているように思えます。このような事態になっても反乱を起こさないのはその証《あかし》だと思いませんか？」

そう、アシュレイはすでに手を差し伸べている。

もし野心があれば現国王がデュレルに軟禁された時点で反乱を起こしている。今、これほど追い詰められても兵を挙げないのは、和解の芽を探しているからだろう。

デュレルとアシュレイ。這《は》い上《あ》がってきた妾腹《しょうふく》の王子と、幼いころから愛された正統なる王子。二人の溝は深い。

しかしアシュレイは兵を挙げないことですでに手を差し伸べているのだ。デュレルさえ折れれば黄金時代は実現する。

「おそらくアシュレイ王子は、お父様の下に就くことを拒絶しないと思います。過去にどのような遺恨があったかは存じませんが、お父様が親愛を示し、謝罪をすれば、必ずや味方に――」

「謝罪ですって？　ふふっ――」

誠司《せいじ》は笑った。

姫様、よくその結論に達することができました。褒めてあげたいくらいです。

でも――

ボクがいる限り、そうはさせませんよ？

「セージ！　何がおかしいの！」

シンシアが激高する。

誠司《せいじ》は恭《うやうや》しく頭を下げた。

「これは失礼。隊長の頭があまりにお花畑でしたので、ついボクの頭にも花が咲いてしまいました」

「なん、ですって――っ！」

「だってそうじゃないですか。閣下がなぜアシュレイ王子にライバル意識を持つのか、その根本を理解されていない。ボクは理解できますよ。だって許せませんよ。許せるわけありませんよ。なのに閣下から謝罪？　ありえませんよ。そうでしょう、宰相閣下？」

「あなた、何を言って――」

「そこまでだ、セージ」

デュレルがぴしゃりと言った。

「シンシアには話すなと口止めしておいたはずだ」

「そうでした。失礼をしました。では、宰相閣下の本当の目的も――」

「貴様、どこでそれを……っ！」

デュレルがいきり立った。シンシアは突然のことに呆《ほう》けている。

「様々な情報を勘案した結果、答えは一つだけでしたので」

「……そのことは誰にも言うな。言ったらお前を殺す」

「承知いたしました」

誠司《せいじ》は丁重に頭を下げ、一歩下がった。

「シンシア、覚えておけ。二度とアシュレイと和解などと口にするな。あの男と私は不倶戴天《ふぐたいてん》の敵だ。お前は、それだけを知っていればいい」

「お父様……」

「下がれ、シンシア」

シンシアはまだ言い足りない様子だったが、礼をして退出した。

「宰相閣下」

誠司《せいじ》は告げた。

「ボクは宰相閣下の野望に協力する者です。もちろんお望みであれば本当の目的にも協力いたします。たとえどのような結末になろうとも」

「……わかった。お前の言葉には感謝する。だが今はお前も下がれ。少し一人になりたい」

「承知いたしました」

誠司《せいじ》が部屋から出ると、シンシアが待ち受けていた。

所在なげに足をぶらぶらさせている。その様は中学生が友達を待っているかのようだった。

「少し話があるんだけど」

シンシアの意図を察した誠司《せいじ》は機先を制した。

「あいにく、宰相閣下の過去を話すつもりはありませんよ？　ボクは協力者なので、そう簡単にお話しすることはできません」

「簡単に……ということは、絶対に話さないというわけではないのね」

「よく見抜いてくれました。まあ時と場合によっては話すかもしれません。今はそのときではないということです」

「そう。少々気に入らないけど、まあいいわ」

シンシアは反動をつけて壁から離れた。

「ああ、そうだ隊長」

誠司《せいじ》が呼び止めると、行きかけたシンシアは上半身だけ反転させた。

「いずれ隊長は宰相閣下の過去を知るでしょう。そのとき思い出してほしいのは、宰相閣下の愛情です」

「愛情……？」

「ボクから見ても、宰相閣下は隊長に惜しみない愛情を注いでいらっしゃいます。隊長もその愛情を疑ったことはないでしょう。真実を知ったとき、隊長はおそらく選択を迫られると思います。その際は宰相閣下からの愛情をご考慮ください、ということです」

「……意味はわからないけれど、とりあえずわかったわ、と言っておくわ」

「それで十分です」

さて、種は蒔《ま》き終わった。あとは拓真《たくま》……君がどう出てくるかだ。

宿命とでも言うのかな。王位継承争いがボクらの代理戦争となるとは、やっぱり君は面白い。

シンシアと入れ替わるようにオデットが姿を現した。

シンシアとすれ違う瞬間、オデットは僅かに横顔を曇らせた。

嫉妬か？　いや、暗い表情だが、粘つきは感じない。心配していると見るべきだろう。

……心配？　なるほど、そうか、だとすると――

「オデット、これから時間はあるかい？」

「あ、はい、ございますが……」

「じゃあこれから二人きりで街へ買い物に行かないか」

「えっ……えええええぇぇぇぇぇぇっ！」

オデットは両手を頬に当ててもだえた。

「あっ、あの、どうして突然……？　それに、ご主人様は今、お忙しいのでは……？」

「いろいろ思案することがあるだけだよ。こういうときは誰かと話していたほうがいい案を思いつく。それにボクは褒美《ほうび》をもらっているのに、忠義を尽くしてくれている君へのお返しがまだだったことを思い出してね。ダメかな？」

「だ、ダメだなんて、そんな……っ！」

「じゃあデートを楽しもうじゃないか」

「デート……」

オデットがふらつく。

誠司《せいじ》が支えようと手を差し伸べると、オデットは倒れる寸前で踏みとどまった。

「……大丈夫かい？」

「だ、大丈夫です！　元気満点です！」

「デートに行けるか？」

「いいい、行けます！　全然行けます！　で、ででで、デートくらい余裕です！」

「鼻血、出ているよ？」

「もも、問題ありませ——って、鼻血は出てません！　もう、ご主人様の意地悪！」

「ははは っ、驚かせたほうがむしろ落ち着くかと思ってね。じゃあ一時間後、所用を終わらせて部屋に戻る。それまでに用意しておいてくれ」

「は、はいっ！　わかりました！」

オデットに手を振り、誠司《せいじ》はその場を後にした。

＊

（ご主人様は何を考えているのだろうか。突然、で……でで、デート、だなんて……）

オデットは舞い上がりつつもしっかりと身なりを整え、デートに赴いた。

二人で街へ出ると、道行く人の視線が集まるのを感じた。いつものメイド服ではないので、もしかしたら恋人同士に見えているのかも……とオデットは想像し、頭に血が上った。

「やはり君といると、どうしても目立ってしまうね。君の美しさに皆、見惚《みと》れているようだ」

「褒めていただいて光栄です。しかし謙遜が過ぎますよ、ご主人様。皆さんが興味を持っているのは、ご主人様だということくらい私にだってわかっています」

白髪の貴公子――その名はいつの間にか国中に広がりつつある。女性からの注目はもちろんのこと、英雄志望の子供から国を憂う老人にまで熱視線を浴びている。

「これは一本取られたな。まずは服を見に行こうか」

にもかかわらず誠司《せいじ》は威張るわけでもなく、調子に乗るわけでもない。自然体のままでいる。それがどれほど難しいことかオデットは知っていたため、尊敬の念は一層強くなっていた。

楽しい時間が過ぎていった。

誠司《せいじ》はオデットにいくつかの服、靴、アクセサリーを買い与えた。それはどれも特別高価というわけではなかったが、品質とセンスのいい立派なものだった。

「少しお腹《なか》が空いたね」

誠司《せいじ》がそう口にすると、オデットは抱えていた籠を差し出した。

「実は軽食を用意したのですが……」

「やはりそのための籠だったか」

「お嫌でしたか？」

「いや、君の手料理は晩餐《ばんさん》会のシェフに勝る。ボクもいろいろ美食を経験させてもらったけど、君の料理が一番落ち着くよ」

「急いで作ったかいがありました」

誠司《せいじ》は堤防沿いへ足を向けると、人目がなくなった辺りで芝生の上に腰を下ろした。

オデットは粉にした穀物を練って焼いた生地に、野菜や肉を挟んだものを差し出した。続いて水筒から飲み物をコップに注ごうとしたところで、誠司《せいじ》がつぶやいた。

「オデット、君は……アークスラ王国の王族じゃないのかな？」

思わずコップを落とす。必死に隠そうとしたが動揺は手先に伝わり、震えて止まらなかった。

誠司《せいじ》は吐息をもらした。

「やはりそうか。言動から見てアークスラの貴族であることは察していたが、先ほど隊長に向けていた目が気になってね。王族の名前を調べてみたら、二番目の姫の名前に君の名前があった」

「そんな些細《ささい》なことで……？」

「君と隊長に個人的な交友はない。なのに君は我がことのように隊長を心配していた。これはおかしなことだよ。だって隊長はお姫様なのだから。我がことのように、というとそれはもう王族を示すことに他ならない」

「ご主人様は本当に何でもお見通しなのですね……」

「見えるのは材料が揃《そろ》った部分までだ。あの視線がなければ、少なくとも今日の時点では気がつけなかったよ」

オデットは立ち上がり、スカートの裾を持ち上げてお辞儀した。

「オデット・アークスラです。お見知りおきを」

「興味ないよ。君は今、ただのオデットだ。ボクの美しい召使いで、忠義心に溢《あふ》れる十五歳の女の子だ。それ以上でも以下でもない。違うかな？」

「……違いません」

「なら座って、これを。今日の豆はいつもと違って一層香ばしい匂いがするね」

誠司《せいじ》自ら飲み物を注ぎ、コップを差し出される。オデットは両手で受け取った。

「……ありがとうございます」

豆の苦味が脳を正常な方向へと戻してくれる。

オデットは慌てるあまり平常心を失っていたことを自覚した。

「君が王族であることを隠していたのは、王家に受け継がれる血のせいだね？」

「……はい」

世界各国の王族はほぼすべて魔法使いだった。

なぜなら魔法は血縁に才能が受け継がれる。どれほどの猛者《もさ》もどれほどの天才も子供に才能を受け継がせられるとは限らない。しかし魔法の血は一族を確実に強くする。

そのため王族は魔法使いと結婚し、最低でも魔法の才能だけでも受け継がせる。そしていつしか特別な魔法は王族の特権となり、象徴ともなった。

「アークスラ王族の唯我《ゆいが》魔法は回復の魔法だったかな」

「はい。ただ私は落ちこぼれで、回復の魔法以外使えませんが」

「なるほど。だから魔法を封印されていないのに自力で奴隷から脱出できなかったのか」

「おっしゃる通りです」

「回復の魔法でどの程度まで治せるんだ？」

「回復と言っても自己回復力を高めるものです。そのため重傷や薬でしか治せない病気には意味がありません」

「一人の才覚ではその程度か。どうやらこの世界でも事象にはある程度バランスが効いているな。科学では成し遂げられない事柄には相応の条件がある。そのくらいであれば、たぶんボクのほうが治せるな」

「ご主人様が治せる……？」

「ボクは医者を志望していたからね。ある程度の知識を持っている。ただ薬を作るには時間と労力が必要となるから、どっちが優れているとは言えないだろうけど」

「まるで魔法のようですね……」

「ボクの世界の誰かが言ったよ。発展した科学は魔法と変わらないって」

あまり理解できないオデットだったが、誠司《せいじ》は一人納得していた。

「しかし……なるほど。君が恐れるはずだ。君がアークスラの王族であることが広まると、君を手に入れようとする人間が現れるな。回復の力を欲しがる者もいるだろうし、何より君をものにすれば特別な魔法が使える血が一族に入る」

「それだけでなく、回復の魔法が使える血筋……というのが独り歩きしているのでしょう。アークスラ王族の血には万病を治す効果があり、その肉体を食すれば寿命が延びるという話が広まっているそうです」

「ありがちな話だ。アフリカでもアルビノが狙われる地域があるくらいだからな」

「アフリカ……？　アルビノ……？」

「どれほど科学が発展しても迷信は消えない、ということさ」

誠司《せいじ》が迷信と断言してくれたことに、オデットは少なからず安心した。

「ではなぜインストリアル王国に？　反乱によって王家は滅亡したと聞いているが、陸路で友好的な隣国に逃げるほうがたやすいと思うが？」

「陸路が完全に封鎖されていたことが一つ。もう一つは、私にデュレル宰相閣下との縁談の話があったためです」

「へぇ、そんなことが――」

誠司《せいじ》にしては珍しく驚いていた。

「ならその僅かな縁を頼ってこの国に来たということか」

「はい。ただ一緒に逃げていた兄は騙《だま》されて船の上で殺され、私は奴隷に落とされました。その後はご主人様もご存じの通りです」

「宰相閣下は――気がついている様子はないな」

「一応、魔紙《まし》によって顔が伝えられているはずです。ただもしかしたら目を通してさえいなかったのかもしれません」

「きっとそうだろうな。宰相閣下の心には、ずっと想《おも》い人がいるのだから」

「えっ？」

初耳だった。

気になった。しかしそれ以上に聞かなければならないことがあった。

オデットは決意すると、上目づかいで誠司《せいじ》を見上げた。

「それで……ご主人様は私をどうしますか？　私はご主人様のためであればこの命も——ふぐっ」

続きは言えなかった。なぜなら口をつままれていたから。

誠司《せいじ》は優しく目を細めた。

「ボクは殺人鬼としてのサガを負っている。でもね、いやだからこそ、命を差し出そうとする行為が好きじゃないんだ。これ見よがしに食べてくれと食事が用意されているのも不快だけど、無理やり人から食べさせられるのも不快だ。食べたいものを食べたいときに食べる。これがボクの愛する自由だ。わかってくれるかな？」

歪《ゆが》んだ言葉だった。しかしオデットにとってこれ以上ないほど優しい言葉だった。

つまり誠司《せいじ》はこう言っているのだ。

命を差し出さなくてもいい。このまま傍《そば》にいればいい、と。

「変なご主人様。お腹《なか》が空いたのでしたら、私から食べればよいのに」

「だからそういうのはボクの趣味じゃないんだ」

「なら私はいつまでも食べられませんね」

なぜだか一筋、瞳から涙が溢《あふ》れた。

誠司《せいじ》はぷいっと顔を背けた。

「さてね。ボクは気分屋だから」

「ご主人様が不快げな顔をされるだなんて意外です」

誠司《せいじ》がむくれている――ようにオデットには見えた。

完璧に見えたこの人にもこんな側面があるんだ。そう思うと不思議と温かな気持ちが溢《あふ》れた。

「まだ食事を摂《と》ってないだろう。食べなさい、オデット」

いつにない命令口調。柄にもないことをしてしまった、と照れているのだろうか。

微笑《ほほえ》ましいと思っていることが顔に出ると今度こそ嫌われてしまうかもしれないため、オデットは食事に口をつけた。

「君が食べている間、ボクが話をしてあげよう。君が先ほど気になっていた、宰相閣下の想《おも》い人のお話だ」

話を変えるといっても、気になることを持ってくるところがさすがご主人様だ。

感心しつつ、オデットは誠司《せいじ》の話に耳を傾けた。

＊

「ふぅ……」

無意識に出たため息。

シンシアはブレクニー庭園を歩きながら思考を整理していた。

「お父様はお母様のことで何かを隠している。そしてそこにアシュレイ王子が絡《から》んでいる。それは間違いないのに――」

誰もしゃべらない。

シンシアは信頼がおける部下に尋ねてみた。無論、必ず情報の出どころは明かさないことを約束し、褒美《ほうび》もちらつかせた。なのに全員がごまかすだけだった。

「お父様が口止めしているんだ……」

逆に言えば、自分の傍《そば》にいる人間が、すべて父の手によって固められていることを示していた。

「何が賢姫《けんき》よ……」

おだてられても父の足元にも及ばない。ただ若年だからもてはやされているだけだ。腹心さえいないなんて、情けないにもほどがある。

「情報を持っていて、それでいてお父様に反抗してでもわたしのために話してくれる人物は……」

様々な人間が頭に浮かび、バツをつけていく。

ダメ、この人もダメ、この人もお父様に逆らえない。

そして——

一人の男が最後に残った。

「エリス……」

木陰から母の名が聞こえた。

不審な男が立っていた。年のころは三十程度。ボサボサの髪と無精ひげ。見るからに屈強で、熟練の戦士を思わせる。

シンシアが身構えると、男は慌てて弁解した。

「あっ、いや、ちょ、ちょっと待った。おれは怪しい人間じゃ——」

「怪しい人間が怪しくないと言って、あなたは信じられますか？」

「あ——そりゃまあ、無理だわな」

「ここはブレクニー庭園。王族とその賓客のみが立ち入れる聖域です。早々に立ち去りなさい」

「知っている。だからおれにだって立ち入る権利はある」

「何を言って……だれかっ――んっ！」

一瞬のことだった。シンシアは声を上げようとして――男に口をふさがれた。

「んんっ――んーっ！」

「わりぃわりぃ、ちょっとだけ我慢してくれ」

男はシンシアを抱え、物陰に隠れた。声を聞いた執事がやってくるが、死角に連れ込まれたシンシアが暴れても気づきはしなかった。

（誘拐される――）

シンシアは動揺を隠せなかったが、次第にどこか雰囲気が違うのを感じた。

暴れるのを押さえつけるにしても、多少痛みを感じさせて恐怖を覚えさせるほうが誘拐には都合がいいはずだ。なのにまるで絹を扱うような丁寧さだった。口を押さえられていても、不思議と恐怖は感じない。いたずらで周りの人間から隠れている――そんな雰囲気さえあった。

執事たちが場所を移動すると、男はさっさと解放した。

「わりぃわりぃ、大ごとにしたくなくてな」

男はおおらかな笑みを浮かべて頭をかいた。

「あなた……何者ですか？」

この庭園に侵入できるだけで手練《てだ》れの使い手であることを察することはできる。それでいて悪意がなく、妙な親しみがある。

「あっ——」

シンシアは一つの結論に達し、口を呆然《ぼうぜん》と開けた。

おおらかな性格。比類なき実力。そして『おれにだって立ち入る権利はある』という言葉。

これらが指す人物は一人しかいない。

「ようやく気がついてくれたようだな」

救国の英雄。インストリアルの守護者。

あまたの呼び名で讃《たた》えられるインストリアル最強の男は服で手の平を拭うと、その大きく武骨な手を差し出した。

「初めまして、だな。おれはアシュレイ・イルハーン。お前の叔父だ」

＊

宰相室は羽根ペンを動かす音で満たされていた。

書類に一区切りがつくと、デュレルはペンを置き、おもむろに引き出しの最上段を開けた。

そこには一枚の魔紙《まし》が入っている。

魔紙《まし》とは魔力を蓄積できる特別な材料で作った紙のことで、貴重であり、保存能力が高いことから条約の締結等に使われる。

その他の効果として、特定の魔法を使えば情景を保存することができた。

「エリス……」

デュレルの取り出した手の平サイズの魔紙《まし》は、中心で左右に破られていた。残されているのは右半分だけで、美しい女性が写されている。

金色の髪に透き通るような碧眼《へきがん》。微笑《ほほえ》む姿はまばゆいばかりに輝き、幸せであることを示している。

「シンシアはお前に似てきたな……」

生まれ変わりと言っても信じられるほど同じと言ってよかった。愛らしい目元も、品の良《い》い鼻も、シンシアは母から受け継いでいた。

「だが、頑固なところは私に似てしまったな……」

そう、性格だけはエリスと違う。当たり前だ。別の人間なのだから。

しかし姿がこれほど同じであれば面影を見てしまう。

彼女はまるで――太陽のような女性だった。

……………

…………

……

幼いころ、母の呪詛《じゅそ》の言葉で育った。

『ああっ……私の可愛《かわい》いデュレル。あなたこそインストリアル王国の正統な後継者。学ぶのです。鍛えるのです。そして陛下に認められるのです。そうなれば誰もがあなたに傅《かしず》き、敬うことでしょう』

王宮からは程遠い、王家の離宮。

そこから一歩も外に出ることを許されず、デュレルは幼少期を過ごした。

たとえるなら鳥籠だった。

食事は出てくるし、籠の中では自由に動け、丁重に扱われる。しかし母の言葉が夢物語に過ぎないことは幼いデュレルにも理解できた。

王に手をつけられたことだけが誇りの下賤《げせん》な女――

母がそう呼ばれていたことを聞いたのは、一度ではなかった。

だから自分は母の言う通り学び、鍛え、立派になる。そのことで母の不遇も改善され、父も自分のことを見てくれるはずだ。

そんな夢想に取りつかれ、デュレルは懸命に学んだ。剣と魔法は早くに限界が見えたため、ひたすら勉強した。

学問で国一番になれば父に認められるはずだ。そんなことを誰に言われたわけでもないのに、真剣に信じ、勝手に思い込んだ。

そうして知識において並ぶものなしと呼ばれるようになったころ、王宮で官吏として働くことなった。

後にクルーセル侯爵が不遇の王子を見かねて口利《くちき》きをしてくれたことを知った。

だが——そこからが本当の地獄だった。

『あれが隠されていた王子だそうだ』

『ああ、王家の恥ってやつか』

『まだ魔力が高ければ救いはあったが……』

『隊長どころか、兵士になれない程度ではねぇ』

自分の存在は恥だった。学問が優れていることは、能力の証明にならなかった。

貴族にはびこる血統主義。有力な血統の証明となる魔力が低いことは、彼らの眼中に入らないことを意味していた。

父と会うことはなかった。王宮に呼び出されたはずなのに、一度も会ってくれなかった。我が子と思っていないことは行動が示していた。

そしてそのことを、誰もが知っていた。

——差別された。

——足蹴にされた。

——罵られた。

『ああっ……私の可愛《かわい》いデュレル。あなたこそインストリアル王国の正統な後継者。学ぶのです。鍛えるのです。そして陛下に認められるのです。そうなれば誰もがあなたに傅《かしず》き、敬うことでしょう』

すべて偽りであり、夢想だった。夢物語とわかっていながら、どこか希望を持ち、踊らされていた。

母は愚かな女だった。だが自分も、

——同じくらい愚かだ。

希望をなくしたデュレルは与えられた職務さえ放棄し、自室にこもった。

そして死のうと思っていたところ——彼女が現れた。

『すみません、デュレル様。どうかわたしを助けてください』

彼女は突然、デュレルが一人住む官舎を訪問してきて言った。

『お医者様に聞きました。デュレル様はこの国で一番の知識を持っていると』

『買いかぶり過ぎだ』

『しかし母の病を治せる薬を知る可能性があるのは、デュレル様だけだと聞きました。デュレル様は王家の者しか読めぬ本の知識を数多くお持ちとか』

『隔離されていた場所が、たまたま王家の本を所蔵していたところだっただけだ』

『どうか話だけでもお聞きください』

死を意識していたデュレルにとって彼女は邪魔な存在だった。しかしこの様子では追い返してもまた来そうであったため、さっさと面倒ごとを終わらせることにした。

彼女から聞く病状は離宮にあった本に対処方法があったものだった。だから薬の調合方法を紙に記載し、

『これが効かなかったら私には不可能だ。私は一人になりたい。効いても効かなくても、もう来ないでくれ』

そう言って帰らせた。

それから三日、縄を買い、遺書を書いて過ごした。

そして決行の日。首を吊《つ》る縄を設置し、あとはいつ行うかだけになった。

そんなときだった。また彼女が現れたのは。

『デュレル様、ありがとうございます！　母の熱が下がりました！　すべてはデュレル様のおかげです！』

僅かに扉を開けたとたん、彼女は怒濤《どとう》の勢いでまくしたてた。

『……来ないでくれと言ったはずだが』

『いいえ、そういうわけにはいきません。わたしもフランクール伯爵家の娘。最低限の礼節はわきまえております』

『ではこれで君の感謝を受け取った。帰ってくれ』

『そうは参りません。聞けばデュレル様は召使い一人雇わず暮らしているとのこと。でしたら夕食にご招待し、もてなしたいと思いまして。領地で採れた最高級の食材を用意しております。どうかお越しください』

『帰ってくれ』

『そうおっしゃらず――』

扉の隙間から目しか出していないことに業を煮やしたのだろう。彼女は力任せに扉を引っ張った。

デュレルとしても自殺用の縄が設置された室内は見せられない。そのため引っ張り合いとなった。

『うっくく……』

『ぐぐっ……』

女の力に負けはしなかったが、足を隙間に挟まれては閉じることもできなかった。

『もうっ……えいっ』

彼女から魔力が放出され、突風が巻き起こる。

『うっ――』

デュレルは吹き飛ばされ、尻もちをついた。

『すみません、デュレル様。強引とは思いましたが、何としてもお礼をさせていただきたいと——』

そこまで言って、彼女は固まった。目線は天井から吊《つ》り下《さ》げられた縄に留《とど》められていた。

『デュレル様……どうして……』

彼女は震えていた。信じられないという顔つきをしていた。

『何でもない。さぁ、帰ってくれ』

『こんなものを見て帰れるはずがないじゃないですか！』

善意に溢《あふ》れた良家の少女。きっと愛されて育ったのだろう。

死ぬ前にそんな少女へ毒をぶつけるのも悪くないと思った。

デュレルは語り始めた。生い立ちから現在に至るまで浴びせ続けられた毒を。

話を終えると、彼女は大粒の涙を流した。

『わたしは、デュレル様がそれほど苦しんでいるとはつゆ知らず……なのに母まで救っていただいて……』

『聞いて満足したなら帰ってくれ。そして私のことなど忘れろ』

『駄目です！』

彼女はデュレルの両手を摑《つか》んだ。

『死んではいけません、デュレル様！　あなたは生きていなければならない方です！』

『私が死んでも誰も悲しまないよ』

『わたしが悲しみます！』

『たいした魔力のない私は、王家の恥だ。死んで喜ぶ人間のほうが多い』

『そんなことはありません！　デュレル様はどんな魔法でも治せない病を治せたではありませんか！　デュレル様のお辛《つら》い立場はわたし程度には想像もつきませんが……必ず将来、上に立たれると思います。そして何より、あなた様は誰よりも努力した方です。わたしにはあなた様が誰よりも輝いて見えます。あなた様は苦境に立っても他人に施せる優しさを持っています。

だから今はお辛《つら》いかもしれませんが、必ずや日が当たるときが来ます。そのため、どうか死ぬことだけはおやめください……』

　褒められたことはあった。しかし媚《こ》びへつらいか、皮肉の混じったものだった。

それだけに純粋な言葉は、デュレルの心に突き刺さった。

今までの努力を、生きることを、初めて肯定された気がした。

　頭から霧が晴れていく。

視界に入っても脳には記憶されなかった彼女の顔が、初めて網膜に映った。

『美しい……』

『えっ？』

デュレルは頭《かぶり》を振り、咳払《せきばら》いをした。

『心配をかけてすまなかった。君の言葉、嬉《うれ》しかった。考えを改める。死ぬのはやめにする』

『本当ですか……？』

『ああ、もう少しあがいてみるとしよう。どこまでできるかはわからないが』

『でしたらフランクール家をお頼りください。デュレル様に降りかかるいわれなき悪評の傘となりましょう』

『ありがとう。なるべく自分一人で努力するつもりだが、言葉だけでも嬉《うれ》しい』

『もうっ、デュレル様はいつもそうやって一人だけで事を成してこられたのですね？　たまには誰かの力を借りることも大切ですよ？』

『……そうだな』

『ではまず我が館に。父が待ちくたびれています』

腕を引っ張られながらデュレルは馬車に案内された。

乗り込む前、デュレルは大事なことを聞き忘れていたことを思い出した。

『そういえば君の名前を聞いてなかったな』

彼女は二、三度まばたきをすると、太陽のように微笑《ほほえ》んだ。

『……そうでした。わたしの名前はエリス――エリス・フランクールです、デュレル様』

…………

…………

……

ノック音で我に返った。

デュレルは魔紙《まし》を引き出しの中に戻して声をかけた。

「入れ」

姿を現した若い兵士は息を荒くしたまま告げた。

「宰相閣下、すみません。ブレクニー庭園を散歩していたはずのシンシア様が姿を消しました」

「何⁉」

「今、近くにいた者で捜索しています。万が一があってはと思い、まず宰相閣下にご報告した次第です」

デュレルは立ち上がった。

「私が指揮を執る。城内にいる兵を集めろ。門番には私の命令があるまで誰も通すなと伝えておけ」

「承知いたしました！」

兵士が敬礼をして走り去っていく。

シンシアには常に五名の警護をつけていた。しかも消えたのはブレクニー庭園。

こんなことができる者は——

「まさか……」

一人の男の顔が頭をよぎり、デュレルは駆けだした。

＊

小川のせせらぎは故郷を思い出させる。今はなき、在りし日の故郷を。

望郷の念に襲われながら、オデットは誠司《せいじ》の声に耳を傾けていた。

「エリス様は大層お綺麗《きれい》だったそうだよ。見た目はそう、隊長そっくりだったとのことだ。隊長の美しさは母親譲りというわけだ。聡明《そうめい》で魔法の才能があり、生まれも名家。そのためインストリアル中で評判になるほどの女性だったそうだ。つまり王子の相手にこれ以上ないほどふさわしい。だから許嫁《いいなずけ》となった。アシュレイ王子の」

「――えっ？」

オデットは目を丸くした。

欲しかった反応が得られたためか、誠司《せいじ》は満足げに頷《うなず》いた。

「アシュレイ王子は次男だけど正妻の子。王家にふさわしい巨大な魔力を持ち、剣も一流。人格的にも問題はなかった。陛下としては若気の至りでできてしまった子供と、高貴な血筋を持って生まれてきた正妻の子供。どちらが可愛《かわい》いかわかるだろう？　そのため陛下は幼いころからアシュレイ王子を正統な後継者として育て、目をかけた。当然、国で一番と言われる女性は、正統な後継者のために用意した。当然のことだ」

「で、でも、シンシア様はデュレル様とエリス様との子。ではデュレル様は――」

誠司《せいじ》は芝生に咲いていた可憐《かれん》な花に目を向けると、無造作にむしり取った。

「そう、宰相閣下は略奪したのさ。弟の婚約者を」

*

エリスがアシュレイの婚約者だと聞いたのは、再び出仕をした日のこと。エリスの父から歓待され、初めて家族の温かさを知った数日後のことだった。

『ご存じなかったのですか？　仲むつまじいことで有名ですよ。歴代でも最高の魔力を持つ王子と国一番の美しさを持つ女性ですから、よく噂《うわさ》にもなっていますよ』

デュレルは王宮に呼ばれた後もアシュレイを見たことがなかった。

率直に言えば、避けていた。会いたくなかった、というのが本音だった。

自分よりも生まれが良く、弟なのに正統な後継者扱い。魔力にも優れるという。

もし見てしまえば嫉妬にかられることは容易に予想できた。だから比較しても意味がないと断じて、あえてアシュレイに関する情報を断っていた。

『今日もブレクニー庭園でお会いになるとか』

その言葉を聞いてデュレルは駆けだしていた。

本来は容易に入ることができない庭園。しかし平民である若い警備の者には王家の生まれが通じ、運良く入ることができた。

しかし行くべきではなかった、とデュレルは後悔した。

『ははっ、そうなんだ。よかったな、エリス』

『はい、すべてはデュレル様のおかげです』

『実は会ったことがねぇんだ。でもそんないいところがあるんだったら、会ってみてぇな』

『きっと仲良くなれますよ』

『そうか？』

『ええ。デュレル様はお優しい方ですし、アシュレイ様も器《うつわ》の大きい方です。きっと仲の良《い》い兄弟となれます』

『へへっ、そうか。だといいな』

二人の距離は明らかに恋人の距離だった。エリスの瞳は信頼に溢《あふ》れ、アシュレイを心から想《おも》っていることが見て取れる。

『お前は――』

デュレルは歯の根を噛《か》みしめた。

『お前は、私からすべてを奪うというのか――』

父からの愛情。家族。尊敬と誇り、才能。そして――愛《いと》しい人。

すべてを与えられてきた……アシュレイ！　お前が笑っているとき、私がどんな想《おも》いをしてきたかわかるか！　どれほど苦しみ、どれほどあがいてきたか、知っているか！

気がつかないのならわからせてやろう。

奪ってやる。お前のものを……すべて！

デュレルはその場を立ち去り、計画を立て始めた。同情的だったクルーセル侯爵と連絡を取り、一度だけでも父にお目通りしたいと訴えた。そのかいあって、クルーセル侯爵立ち会いのもと、寝室で会うことを許された。

『お前がデュレルか……。クルーセルがどうしてもと言うから会ってやったのだ。言っておくが、儂《わし》の息子はアシュレイだけだ。もし息子として振る舞おうとすれば許さぬぞ？』

父の言葉は父とは思えないものだった。

だがどうでもよかった。わかりきっていたことだった。

『わかっております、陛下。私は陛下の忠実なる駒。そのことを知っていただきたく、馳《は》せ参《さん》じました』

『そうか……ならばいい』

『陛下、私は陛下のお言葉であれば何でも行うでしょう。無論、私の責任で』

『……何が言いたい？』

『陛下に気に入らない者がいれば八つ裂きにし、陛下に邪魔な者がいれば毒殺しましょう。何でも、というのはこのようなことを指します。もちろん陛下はただ座っているだけ。もし明るみに出ようともすべては私の独断でございます』

『ほう……』

初めて父の興味が向く。

クルーセルが異論を唱えた。

『陛下、お言葉ですがそのようなことは……』

『黙れ、クルーセル。こやつ、なかなか可愛《かわい》がられ方をわかっているではないか』

『ありがたき幸せ』

『……ふむ、では一つやらせてみるか』

『陛下！』

王は手を向けただけでクルーセルの言葉を封じた。

『では消してほしい男がいる』

『わかりました。必ず成し遂げましょう。それで……陛下。もし成し遂げられたら一つ褒美《ほうび》をいただけないでしょうか？』

『犬風情《ふぜい》で事を成す前から褒美《ほうび》の無心か』

『犬であればこそ、でございます。餌をいただければ犬は喜び忠義心も厚くなります。もちろん陛下の損になるような望みではございません』

『……言うだけ言ってみろ』

『それでは――』

雷鳴がとどろく。しかし構わずデュレルは続けた。

利益を最大限に膨らませ、決して損がないことを朗々と強調した。

王は頷《うなず》く。

『……よかろう。フランクールにこだわりはない。ただ最近勢力が拡大しているから取り込みたかっただけだ。確かにアシュレイには唯我《ゆいが》魔法を持つ海外の姫のほうがふさわしい』

『ご納得いただけて幸いです』

『しかしすべては成し遂げられたら、だ。うまくやれば望みを叶《かな》え、今後も使ってやろう』

『ありがとうございます』

デュレルはクルーセルとともに王の寝室を後にした。

『デュレル……』

クルーセルが声を震わせる。

デュレルは頭を下げた。

『本日はこのような機会をお作りいただきありがとうございます。ですが、内容は誰にも話さないほうが侯爵にとっても良いでしょう。陛下の沽券《こけん》にかかわりますから』

『お前……何を……』

『私は陛下の犬です。人間としての誇りと尊厳は捨てました。今の私に──怖いものなどありません』

奪ってやる。奪ってやるぞ、アシュレイ。

理性や良心などくだらない。悪徳と背徳にまみれてでも攫《つか》んでやる。

恵まれてきたお前にはできないことだろう。吠《ほ》え面《づら》をかくといい。そんな顔こそ、お前にお似合いだ。

＊

誠司《せいじ》が小石を投げると、川に波紋が広がった。

「では、デュレル様は──」

「どんな言葉を囁《ささや》いたかは知らない。ただ当時陛下に批判的だったギュント子爵が何者かに暗殺された数か月後、アシュレイ王子はアークスラ王国の姫君──君の叔母に当たる人物との婚約が発表され、同時に宰相閣下とエリス様の婚約が公表された。対外的にはアークスラの姫君を迎えられそうになったから婚約を解消した、エリス様には同じ王族をあてがうことで埋め合わせた、と説明されたようだね。また宰相閣下がエリス様の母を救ったことが縁となった、という美談が広がり、民衆に動揺はなかったようだ。この辺りの情報操作は宰相閣下の非凡さが発揮されたところだな」

王族の婚約は感情ではなく利益で行われる。そのことをよく知っているオデットだったが、身につまされるような気持ちになった。

「じゃあアシュレイ王子は……」

「納得いかなかったようだ。どこまで本気かはわからないが、王子は王子なりにエリス様を愛していたようだから。そのためそれまで陛下と王子の関係は悪くなかったが、初めて大喧嘩《げんか》となったらしい。結果、アシュレイ王子はこの婚約を呑《の》まずに話はご破算。王宮を飛び出して軍に身を投じた。皮肉なことに、この出来事のおかげでアシュレイ王子は軍にどっぷりつかり、かくして救国の英雄が誕生するというわけだ。歴史の綾《あや》の面白いところだね」

「エリス様はその後どうなったのですか？」

「宰相閣下との結婚を拒否はしなかったそうだ。ただ結婚後、家に引きこもってしまったらしい。明朗快活だった性格を考えれば、この一件が大きく影を落としたことは間違いないね。結婚から二年後に隊長は生まれるんだが、エリス様はその際難産で死んでいる」

「かわいそうな方ですね……」

二人の男性に愛され、運命に翻弄された人生。オデットにとっては他人事《ひとごと》ではなかった。

「果たしてそうだろうか？」

疑問の余地がないと思っていたため、オデットは意外に感じた。

「ご主人様はエリス様が幸せな生涯だったと？」

「いや、そこまで言うつもりはないさ。ただこれは想像の域を出ないが、エリス様は宰相閣下とアシュレイ王子、どちらが好きだったと思う？」

「それは……」

　とっさにアシュレイ王子だったのでは、と思ったオデットだったが、深く考えるほど単純に言い切れないと感じた。

「ボクはね、『恋』という観点で言えば、六対四……いや、七対三くらいの確率で宰相閣下に分があったと思っているんだ」

「しかしアシュレイ王子とは以前からの婚約者で仲むつまじかった、と」

「婚約なんて所詮他人が決めたことだろう？　『恋』とは少し遠いな。もちろん性格も合ったのだろうし、本人も結婚を意識して見ていただろうから、付き合いの長さもあって『情』も『愛』もあったと思う。ただ『恋』は宰相閣下のほうだろうな。運命的、と言ってもいい」

「運命……確かにそうかもしれませんね……」

　母が不治の病になったとき、助けてくれた男性。それだけで運命的だ。その男性が不遇の王子で死のうとしていたところに遭遇し、今度は逆に命を救う立場となった。何か恋心らしきものが芽生えても不思議ではない。

「エリス様は宰相閣下の悲運や努力を察することができるほど聡明《そうめい》だったようだ。だから宰相閣下も惚《ほ》れたのだろうが、その人の隠された努力を察することができるということは、そういう面を高く評価する心根があるからだろう。優遇された王子と悲運で努力家の王子。エリス様の性格を聞いていると、ボクは宰相閣下のほうに惹《ひ》かれたのではないかと思うね」

「じゃあどうして結婚後引きこもってしまったのでしょうか？」

「アシュレイ王子に『情』や『愛』……これは家族愛に近いものだと思うけど、それを持っていたからさ。申し訳なさを感じたんだろうね。ただそれだけなら時間が解決してくれる。エリス様が心を閉ざした最大の原因は、おそらく宰相閣下の裏の仕事について察したためではないかと考えている。隊長にもそういう傾向があるから、受け継がれているのだろうな」

「なるほど……」

「エリス様の苦しみは、自分に向けられていたというわけさ。惹《ひ》かれていた男性を闇の道に落としてしまった、という自責の念があったと思う」

「そこまで聞いて、私はやはり、エリス様はかわいそうな方のように思えます」

誠司《せいじ》はいたずらっ子のように笑った。

「苦しんでいたのは事実だろう。でもその奥に、喜びも隠れていたと思わないかい？」

「喜び、ですか？」

「君ならどうかな？　すでに婚約者がいたけど、気になる男性が現れた。その男性は自分の手を汚してまで自分を手に入れようとしてくれた。これは強く愛されていることを強烈に物語る行動だよ。いけないとは思っても、嬉《うれ》しさは皆無だろうか」

「……確かに」

「それにね、これほどの行動をしない限り、宰相閣下とエリス様が結ばれる結末はなかった。エリス様は良家で育った人間だから、宰相閣下と恋仲となっても駆け落ちまではできなかっただろう。家の名誉や家族を捨てきれる人間ではないと思う。運命の相手と結ばれる唯一の方法だと聡明《そうめい》なエリス様ならわかっていたんじゃないだろうか。だからね、ボクはエリス様をかわいそうな人とは思わないよ。だって形はどうあれ、運命の相手と結ばれたのだから」

「なるほど……」

「たぶん宰相閣下は勘違いしているだろうな。エリス様が引きこもったのは、アシュレイ王子をまだ想《おも》っているためだろう、ってね。まあ無理もない。エリス様がアシュレイ王子のことをまったく想《おも》っていなかったわけではないだろうし、宰相閣下はアシュレイ王子に劣等感を抱いていた。裏の仕事をしたおかげでエリス様を手に入れることができた。そのためアシュレイ王子絡《がら》みの不満を大きく、裏の仕事の咎《とが》を小さく見る土壌がある。これは他人が客観的に見るからわかることで、本人にはわからないことだ。当人同士では絶対にほどくことはできないもつれというやつだな」

オデットは大きく息を吐きだした。

「でも、これでわかりました。なぜ宰相閣下とアシュレイ王子が手を組めないか。それにこの話がシンシア様の耳に届かないようにしているのか、も。でもそうなると、あの話は何なのでしょうか？」

「あの話とは？」

「ご主人様が以前言っていた、宰相閣下の本当の目的です。アシュレイ王子に勝つことが目的であるように思えるのですが、それ以外に何かあるのですか？」

「ああ、それは——」

「————動くな」

オデットは息が止まりかけた。

気がついたとき、いつの間にか男が誠司《せいじ》の背後に立っていた。手にはナイフがある。誠司《せいじ》が言葉を止めたのは、ナイフの先端が背中に刺さったためだ。

ありえない、とオデットは思った。

今の今まで気配を感じていなかった。声が発せられるまで気がつかなかった。存在が視界に入らず、いることが寸前までわからないなんて、魔法でも不可能なことだった。

「下手な動きをすれば殺す。意味のない言葉をしゃべれば殺す。ただ俺は、お前の言った最後の言葉を確かめたいだけだ」

誠司《せいじ》は前方を向いたまま、芝生に置いていた両手をゆっくりと掲げた。

「元気そうだね、拓真《たくま》。やっぱりまた会えた。とても嬉《うれ》しいよ」

拓真《たくま》は苛立《いらだ》たしげに言い放った。

「意味のない言葉をしゃべるなと言ったはずだ！」

「再会を祝う言葉には意味があるよ。だってとても感動していることを表現したいじゃないか」

そう言って、誠司《せいじ》は振り返り微笑《ほほえ》んだ。

＊

シンシアは目の前にいる叔父――アシュレイから父の過去を聞いていた。

父の苦悩と執念、そして恋。

いつも賢く、気高く、優しい父だった。しかしアシュレイから聞く父はあまりに泥臭かった。

「デュレルはお前とおれを会わせないようにしていた。おれと関係が悪かったこともあるだろうが、お前があまりにもエリスと似ているためだったんだろうな」

父の略奪。そのことでどれほど叔父が傷ついたかは想像に難《かた》くなかった。

関係が破綻していて当然だ。許せるような内容ではない。

「叔父様はお母様のことを愛していらしたのですね」

叔父の目はとても優しかった。叔父と姪《めい》の関係以上に。それは亡《な》き母の面影を見ているためだと気がつかないほどシンシアは鈍くなかった。

「もちろん。初恋の人だった」

「そう、ですか……。ではやはりお父様と手を結ぶことは無理なのですね……」

父は悪いことをしたのだ。

そのことはシンシアにもわかっていた。それでも父の行動に怒りよりも悲しさを覚えるのは、父のあまりに憐《あわ》れな半生のためだった。

弟であるアシュレイへの恨みや嫉妬に関して共感はできないが否定もできない。人間であれば当然持つであろう感情だと思う。そう考えると、もっとも悪いのは兄弟にあまりに差をつけた現国王ではないかとさえ感じられる。

シンシアは泣きそうになった。

不遇な父と傷つけられた叔父はボタンの掛け違いによって関係が破綻してしまった。もっと出会い方が違えば、立場が違えば、互いに優れた能力を持つ二人だ。もしかしたら親友となり、補完し合える関係にさえなれたかもしれないのに……そんな未来は訪れない。

「あ～」

アシュレイは髪をかきむしった。

「実はまったく無理、ってわけじゃねーんだ。その可能性があったから、おれは国民の敵にされても反乱しなかったと言ってもいい」

「……どういうことです？」

シンシアは顔を上げた。

「おれはエリスを奪われて怒ったし、恨みもしたが、時間は少しずつ傷を癒《いや》してくれる。あれからもう十五年の月日が経《た》った。それでおれの考え方も多少変わった」

「許してもいいと……？」

「あの野郎が心から詫《わ》びてくれたならな」

シンシアはアシュレイについて、おおらかな人物と聞いていた。ずぼらでいい加減でおよそ王子らしからぬ人である、と。

「おれだって罪はある。あの野郎が不遇にもかかわらず、何もしていなかった。たった一人の兄弟だってのにな。まったく馬鹿なガキだったよ、おれは。少し調べたり想像したりすればわかるようなものなのに、目に見えていないから、自分は満たされていたから、ほったらかしにしていた。あれほど差をつけられれば嫉妬されて当然だ。だからおれにも申し訳なかったって気持ちはあるんだ」

この人は優しく器《うつわ》の大きな人物なのだ。父の怜悧《れいり》さとは正反対にゆったりとしていて、染《し》み渡《わた》るような温かさがある。

アシュレイはポンッとシンシアの頭に手を置いた。

「それによ、エリスの子供がこんなに大きくなって……未《いま》だに奪った奪われたなんて言ってたら、お前を否定しているようなもんだろ？」

「叔父、様……」

アシュレイは白い歯を見せて笑った。

「内戦ってのは国にとって最低の出来事だ。国力が弱まれば、敵国から攻められて国民が奴隷行きって未来だってあり得る」

「……はい」

「感情は捨てることができねぇ。でも感情で判断しちゃいけねぇことだってことは頭の悪いおれだってわかる。ならあの野郎にも当然わかっているってことだ。だから……一言でいいんだ。詫《わ》びが欲しい。そうすればおれは水に流す。王の座だってくれてやる。あいつの命令で、命をかけて敵と戦う。そんな生涯だって悪くないと思ってる」

シンシアは理想の未来だと思った。優秀な父と最強の戦士である叔父が手を組めば、恐ろしいものなどどこにもない。

「おれが危険を冒してここまで来たのは、お前に仲介を頼みたかったためだ。おれが直接言ってもあの野郎は素直に頷《うなず》けないだろう。でもお前なら可能性はある」

「いえ、それは――」

シンシアは二つ返事で受けたかった。しかし……。

「実は今日、わたしは叔父様と和解できないか提案したところなのです。ですがお父様はわたしの提案をきっぱりと却下しました。ですので……」

「じゃあもう一度だ。もう一度だけ試してくれ。おれの気持ちを知って、和解の可能性が十分にあるってことはわかっただろ？」

「……はい。わかりました。そういうことならやります」

「そうか、助かる」

人を包み込む、大きな笑顔だった。父があれほど叔父を恐れていたのは、この人もまた王の資質を持っているからなのだろう。

「ですが……」

「ん？」

「もしダメであれば、どうされるのです？　叔父様はすでに国民の敵とされています。もはや反乱を起こすか、降《くだ》って首を差し出すか、あとは海外へ逃亡するかしか道はありません」

「おれもそれらのどれかしかないと思ってたんだけどな、最近おれの味方になってくれたやつが第四の道を教えてくれた。こうしておれがお前と直接話そうと思ったのは、実はその案を聞いたからだ」

確かに説得を促すだけであれば、密偵に伝えさせるだけでもできる。

「第四の道とは……?」

アシュレイは分厚い手をシンシアの細い両肩に載せた。

「お前だ。お前が王になるんだ。お前がデュレルを取り除いてくれれば、おれがお前を支える。それで国は内戦の危機から救われる」

シンシアの長く細い金色の髪が肩から滑り落ちる。

シンシアは絶句し、少しずつ意味を吞《の》み込んでいった。

そして同時に、理解する。少し前に『怪物』から囁《ささや》かれた言葉の真意を。

*

「拓真《たくま》、やっぱりボクにとって宿敵と呼べるのは君しかいないと、改めて理解したよ」

ナイフを背中に突き付けられながらも、誠司《せいじ》の余裕に満ちた笑みはいささかも変わりはしなかった。

「しかしこれは予定外だな。直接乗り込んでくる可能性も考えてはいたが、さすがに早すぎる」

「必死さ、こっちも。アシュレイと手を結んだその日から全力で王都に向かった。俺の名前がお前の耳に入る前にたどり着きたかったからな」

「そもそもどうやって近づいてきたんだい？　足音も気配も完全に殺せるなんて、人間業とは思えないよ」

「たぶんお前なら本気でやろうと思えばできる。多少練習は必要だろうがな」

「ボクもよく化け物扱いされるけど、君に比べれば可愛《かわい》げがあると思ってしまうな」

「なら多少は動揺したらどうだ？　そういうところが化け物だと言われるんだ」

「君が手加減してくれるなら動揺の一つくらい見せてもいいんだけどね。ただ君はあいにくそんな甘い人間じゃないだろう？」

「当たり前だ。お前相手に油断していたら、命がいくつあっても足りねぇよ」

オデットにとって二人の会話は不可解だった。

殺意に満ちているのに、どこか親しげで、何より——繋《つな》がっている。

誠司《せいじ》は誰が相手でも上から見ていた。いや、誠司《せいじ》の思考が相手を上回っているからそう見えるのであって、本人は上から目線のつもりはなかったかもしれない。その証拠に誠司《せいじ》自身はいつも丁寧で、愚かな言動をしなければ馬鹿にはしない。

だが今は違う。対等の位置に二人はいる。それこそ二人の間に刃物さえ存在していなければ親友同士と勘違いしそうなほど、二人は繋《つな》がっている。

「ご、ご主人様……っ！」

とにかく助けなければとオデットは思った。どれほど親しげでも、相手に殺意があり、誠司《せいじ》が危機に陥っていることは間違いない。

「や、やめてください！　わ、私が代わりに人質になります！　ですから――」

「――動くんじゃねぇよ」

「ひっ――」

拓真《たくま》ににらまれただけでオデットは金縛りに襲われた。

肉食獣――いや、もっと巨大で、不可解で、恐ろしい何か、だ。

あまりに圧倒的な存在感。自分の存在が矮小《わいしょう》であることを思い知らされる。

違うのだ。力も、精神も、そのすべてが。彼の前では自分は取るに足らないものに過ぎない。

生かされているのは気まぐれだ。彼が本気になればまばたきをする間に惨殺《ざんさつ》されるほどの差が現実にある。

「にらむだけで竦《すく》ませるなんて、たまらないな。やっぱり君は自由なほうが輝いている」

「まったく、またお前は女を虜《とりこ》にしたのか。それだけでも打ち首ものの大罪だな」

「ボクは誠実に向き合っているだけだよ。〝いつも誠実な誠司《せいじ》君〟だからね」

「ふざけるなよ、誠司《せいじ》。俺は妹を殺されているんだ。我慢にも限界がある」

「ぐっ――」

突き付けられたナイフが、皮膚を破り肉をえぐる。

「誠司《せいじ》、俺はお前がどれほど危険なやつか誰よりも理解しているつもりだ。だから当然、会話をさせるだけでどれほど危険かも、よく理解している。だからさっさと話せ。お前は異世界召喚されたとき、おれに何を言おうとしていた？」

二人の間には、大きな隔たりがある。

しかし簡単に殺して終わりでは済まされないものもある。言おうとしたことを聞かない限り殺せないほどの絆《きずな》が横たわっている。

誠司《せいじ》の額に脂汗が流れた。表情こそ変わらないが、オデットには初めて焦《あせ》りの欠片《かけら》のようなものが見えた気がした。

「たまらないね、これは。泣いて君に許しを乞いたい気分だ」

「ならさっさと言え」

「……うん、そうだね。あまり待たせても悪いから、そろそろ言おうか」

誠司《せいじ》は目を細め、川の流れを見つめた。

「とてもありきたりで、取るに足らないことなんだ」

「…………」

「ボクは、君のことを――」

その瞬間、拓真《たくま》がぐらついた。どうやら目眩《めまい》に襲われたらしい。

片時も離さなかったナイフを握る手の力が弱まる。

一瞬の隙。それを誠司《せいじ》は逃さなかった。

袖から釘《くぎ》を取り出し振り向きざまに投げつける。

狙いは目。正確無比に投擲《とうてき》された釘《くぎ》は一直線に吸い込まれていく。

「ちっ——」

必殺と思われた一撃を拓真《たくま》は指で挟んで受け止めた。目眩《めまい》があるにもかかわらず釘《くぎ》を受け止めること自体、人間業ではない。

間髪をいれず誠司《せいじ》が第二第三の追撃を放つ。

とっさに拓真《たくま》は背後に跳んだ。放たれた釘《くぎ》は空を切って堤防の斜面に突き刺さった。

「てめぇ、何をしやがった……」

誠司《せいじ》は背中に刺さったナイフを自ら抜いた。痛みを見せながらも、平然と。

「君なら予測がついているくせに」

「でもそれは解答じゃねぇ」

誠司《せいじ》はナイフを軽業師のようにくるくる回し、切っ先を拓真《たくま》に向けて止めた。

「……毒だよ」

*

「王、わたしが——」

「そうだ、お前が王になるんだ」

青天《せいてん》の霹靂《へきれき》と言ってよかった。

シンシアは王になるとおぼろげに思っていた。しかしそれは父の次、という意味でだった。だから父が王になっていない現在、覚悟をしていたかと言われればしていなかった。現実的に考えれば将来誰かと結婚し、相手が王となり、自分が補佐するというほうがありえた。

だが今、王座が現実のものとして目の前にある。

最初に抱いた思いは『恐怖』だった。

「問題はおれとデュレルの個人的な感情だけだ。そこにお前は関係ない。お前が権力を握り、おれへの冤罪《えんざい》を晴らしてくれれば、おれは大手を振ってお前を支持する。それで国は治まる」

「し、しかし、わたしは貴族からの支持がありません」

貴族はデュレルが力で抑えていた。利益で繋《つな》がっているだけで、心服しているとは言い難《がた》い状況にある。

シンシア自身、自分の生意気さゆえに嫌う貴族が多いことを知っていた。だからすんなりうまくいくとは思えなかった。

「それはおれが何とかする。おれがつけば軍も味方につく。多少の反発なんて簡単にねじ伏せられる」

「それならいっそ叔父様が王になったほうが」

アシュレイは首を左右に振った。

「おれが王になることをデュレルは死んでも認めないだろうよ。デュレルを支持する貴族もだ。それを選んだら、行きつく先は殺し合いしかない。お前だからデュレル派の貴族はギリギリ許容できる。デュレルは抵抗し、最低でも幽閉する必要があるだろうが、お前が王であれば将来認めるかもしれない。そうなったとき、おれとデュレルはようやく和解できる。これがインストリアル王国にとって、最後の落としどころというわけだ」

内容がわかってくると、シンシアにとっても現状を打破する起死回生の策のように思えた。

内戦は避けたい。この叔父と殺し合いをしたくない。そう切に願っている。

となると父の意向がどうかだが、あくまで徹底抗戦を示した場合、この策しかない。それが国にとって、そしてボタンを掛け違えた兄弟にとって、ベストとは言えなくてもベターな結論だろう。

しかしこの策は、あまりにも父をないがしろにしていないだろうか……？

そんな考えがよぎった瞬間、シンシアの脳裏に誠司《せいじ》の言葉が再生された。

『真実を知ったとき、隊長はおそらく選択を迫られると思います。その際は宰相閣下からの愛情をご考慮ください、ということです』

シンシアの背筋に、冷たいものが走った。

（もしかしてセージの言葉は、これを予期していた……？）

まさかあの時点で相手の策をすべて見破り、いつかこんな提案があると確信していた？

だとすると初めからわかっていたのだ。妥協点はここしかない、と。

そして——

『宰相閣下からの愛情をご考慮ください』

この言葉がかけられた以上、わたしに父が裏切れないと、わかっていたのだ。

「叔父様、すみません……」

シンシアは深く頭を下げた。

「わたしにはお父様を裏切ることはできません。叔父様の言う策が、この国を救う最後の落としどころであることは理解しているつもりです。しかしお父様は、叔父様にとっては憎い相手でも、わたしにとっては——」

目頭が熱くなった。

初めて会った叔父は想像以上に優しく、好人物だった。親愛を覚えた。

この叔父と争いたくない。そう心から思う。

——それでも。

これほどの期待をかけられ、情を示されてもなお、父の想《おも》いは裏切れない。

「とても優しくて、立派で、誰よりも愛情を注いでくれた人なのです……。だからわたしは、最後までお父様にお供します。この命が尽きるまで」

「……そうか」

アシュレイは大きく息を吐きだした。落胆しているというより、やむを得ないと感じていることが表情からうかがえた。

「その決断に対して、おれから文句を言うつもりはねぇ。覆《くつがえ》す気もねぇ。だがな、本当は言う気はなかったんだが、それほど信じているなら……これだけは伝えなきゃならねぇな」

「？　何ですか」

「あの野郎の本当の目的だ」

「確かセージもそのようなことを……」

「セージ・アイヒェンドルフ男爵か。そこに気がつくとは、噂《うわさ》通りやべぇやつのようだな」

「そのことは否定しませんが、お父様の目的とはいったい？」

「……お前も王族の端くれなら、うちの王族の唯我《ゆいが》魔法を知っているな？」

そんなことは魔法を習い始めて最初に教わったことだった。

「『死者との交信』ですよね？」

「そうだ。王族の中でも優れた者が、生誕アミュレットに保管された魔力を使い、自分の命を媒介にしてようやく可能となるって代物だ」

そう言って、アシュレイは襟を広げ、首に下げていたネックレスを取り出した。ネックレスの先には美しい花形の銀水晶が取り付けられていた。

生誕アミュレットとは魔法使いが生まれたときに贈られる魔石の一種だ。アミュレットには魔力の蓄積ができるものが選ばれ、魔法使いは余剰な魔力があると生誕アミュレットに魔力を保管しておき、いざというときに使用する。

「そして別の場所に隠してあるが、魔法大国ゼーレーベ出身のおれの母親が結納品《ゆいのう》として持ってきた秘宝『カイメラ』をおれは持っている」

「……聞いたことがあります。あらゆる物質を融合させることができる秘宝だと」

「イルハーン王家の唯我《ゆいが》魔法——まあ現在使えるのはおれだけだろうがな。それと秘宝『カイメラ』、そして器《うつわ》となる肉体。この三つが揃《そろ》ったとき、奇跡が可能となる」

「奇跡、とは……？」

アシュレイは髪をかきむしると、忌々《いまいま》しげにつぶやいた。

「——死者の復活、だ」

＊

拓真《たくま》は頭を振った。目眩《めまい》だろうか。明らかな体調不良が表面に現れている。

誠司《せいじ》は毒と言った。しかし特別な動きは何一つしていない。そのため傍《そば》にいたオデットさえいつ毒を盛ったのか理解ができなかった。

「不思議なようだね。ボクが毒を仕込んでいたのは服だよ」

誠司《せいじ》は身に着けている服をつまんだ。

「気化すると効力を発揮する類《たぐい》のものでね。しかも微量であれば問題ない。ボクとオデットはあらかじめ解毒剤《げどくざい》を飲んでいるから大丈夫というわけだ。まあ誰かに捕まったときのための護身用に仕込んでいたんだけど、やはり準備はしておくものだ」

オデットは解毒剤《げどくざい》など飲んだ覚えがなかった。

すると誠司《せいじ》が混乱を見て取ったのか、ウィンクをした。

……きっとご主人様は食事に解毒剤《げどくざい》を混ぜていたのだ。私の知らない間に。おそらく言わなかったのは、私の反応でばれないようにするためだ。

「やっぱりボクに会話をさせるべきではなかったね。君は千載一遇のチャンスを逃した」

「……お前ならとっくに殺していたと？」

「いいや、ボクも君と同じことをするかな。だって君が言いかけた言葉を残していたら、やっぱり気になって殺せない」

拓真《たくま》は舌打ちした。

「じゃあやはりあのときわざと言わなかったのか？」

「ボクはかつて君の即断即決に負け、殴られている。だから同じ轍《てつ》を踏まないよう、事前に保険を用意したのさ」

「お前、どこまで先を読んでやがる」

「読んでいるんじゃない。危険な要素をあらかじめ封じているだけだ。……拓真《たくま》、言葉はね、相手に意思を伝えるだけでなく、心を縛ることにも使える。これを〝呪《しゅ》〟と言う。毒と並ぶボクの得意技さ」

拓真《たくま》は奥歯を噛《か》みしめた。

「俺はお前の才能の中で、それがもっとも怖い。俺にはできないことだからな」

「君はできないんじゃない。やらないんだ。君の正義が君に良心という制限を加えている。不思議だよね、自由を突き詰めていくと悪になるんだ。正義より悪のほうが自由なんだ。これが――正義が悪に勝てない理由だよ」

「だとしても、今ならまだ俺に分がある」

突如拓真《たくま》は目をつぶった。

大きく息を吸い、吐く。次第に呼吸は大きくなり――

「ふっ――」

切れよく吐き捨てると、拓真《たくま》の顔色は回復していた。

「古流武術の呼吸法か。そういえば君は格闘好きだったね。脳内物質を過剰増幅させて一時的に動けるようにしたのか」

「完全とは言い難《がた》いが、怪我《けが》をしている今のお前にならなら勝てる」

「じゃあボクも一つ芸を見せよう」

誠司《せいじ》は人差し指を額に当てた。

「——痛みよ、消えろ」

たったそれだけ。一言つぶやいただけ。なのに誠司《せいじ》に浮かんでいた脂汗は引いていた。

「ちょ、おまっ……！　まさか、暗示か……？」

「そうだね。〝呪〟はこういう使い方もできる」

「ふざけんなよ、この化け物が……っ！　てめぇ、何でもありかよ……っ！」

「いやぁ、君にだけは言われたくないよ。呼吸で毒を一時的にはねのけるとか、意味がわからないよ。ああ、でもまだ分が悪いから、援軍を呼ぼうか——パスカル」

オデットのすぐ横。何もなかったはずの空間に、突如中年男が姿を現した。

「へへ、へへへへっ、旦那、お呼びで」

「相手が格上と見て手を出さなかったな？」

「どうせあっしが不意打ちしたって防がれたでしょ？」

「だろうな」

「へへっ、暇だったんでメイドちゃんの下着をじっくり拝ませてもらいましたわ、へへへっ」

オデットは真っ赤になってスカートの裾を押さえた。

「さて、二対一だ。どうする、拓真《たくま》？」

拓真《たくま》は警戒しつつ、誠司《せいじ》とパスカルに視線を走らせた。対する誠司《せいじ》とパスカルも戦闘態勢のまま動向をうかがう。

ふぅ、と息を吐き、拓真《たくま》は肩から力を抜いた。

「……ここまでのようだな」

「そうだね。残念だけど」

誠司《せいじ》もまた力を抜き、戦闘態勢を解いた。

「じゃあな。次会ったときは、何も聞かずに殺すことにする」

「じゃあボクの言いたかったことは、手紙として残しておくよ。君が勝ったときはそれを読むといい。ボクが勝ったときは、死《し》に際《ぎわ》に教えてあげよう」

「ありがたすぎて涙が出てくるぜ。死ね」

あっさりと拓真《たくま》は踵《きびす》を返《かえ》した。その後ろ姿を見ながら、パスカルが言った。

「旦那ぁ、いいんですかい？　帰しちゃって」

「お前には殺せる自信があったのか？」

「いやいやいや、無理ですって。あれヤバすぎですよ。人間相手にしてる雰囲気しなかったですもん」

「同感だ」

「まあ旦那も大概ですがね。あっしの中でお二人は『でたらめーず』として完全に人外枠っすわ。というか、旦那でも勝てないんすか？」

「あのままやれば勝てたかもしれないが、腕一本くらいは持っていかれたな。そんな痛い思いは嫌だし、負ける可能性すらあった。この場はあれで精いっぱいだな」

「まあ旦那がそう言うならそうなんでしょうね。じゃあ、あんなのどうやって殺すんです？」

「どんな豪傑も不意打ちには勝てなかった。人間である以上隙ができるときがある。虚を突くしかないな」

ふいに誠司《せいじ》が膝をついた。見ると背中の血の染《し》みが、一段と広がっていた。

「ご主人様……っ！」

痛みを忘れることができても、傷が治ったわけではない。

とっさにオデットは回復の魔法を使おうとした。しかしその前に何かを訴える目をして誠司《せいじ》は言った。

「清潔な布、それと針と糸を持ってきてくれ、オデット。あと急いで王宮に戻る必要がある。馬車の用意を」

回復の魔法を使えば周囲にアークスラの王族であることが知られることになる。その危険性を考慮してくれたのだ。

言葉の意味を理解したオデットは誠司《せいじ》に感謝しつつ街まで走り出した。

＊

──死者の復活。

古代からあらゆる人間が望み、叶《かな》えられなかった奇跡。

奇跡には代償が必要となる。

イルハーン王家の中でも優れた者が命を犠牲にしてしか使えない。これだけでも条件としてはかなり難しい。そんな人間は現世に一人か二人しかおらず、しかも術者が死んでしまうのだからおいそれとは使えない。

加えて秘宝『カイメラ』。古代魔法の結晶と言うべき秘宝は、現代の魔法科学では生成できない。発掘によって発見されたものは現在まで三つと言われ、しかも使えばなくなってしまう。

一つはインストリアル王国の建国王が使用したとの言い伝えが残っている。そしてもう一つはとある国が滅んだ際に紛失し、最後の一つはアシュレイの手の中にあった。

「唯我《ゆいが》魔法を使って器《うつわ》に魂を呼び、『カイメラ』によって融合させる。こうして死者を復活させるんだ。この際、器《うつわ》の魂は消えるとも融合するとも言われている。まあ復活って言っても、器《うつわ》に魂を混ぜるのだから生前と姿かたちは一致せず、魂が融合してしまったら性格も同じにはならない。これほどの奇跡を重ね、ようやく復活させても望んだ形にはならない。死者復活が禁忌とされている要因だな」

アシュレイはそう説明した。

シンシアは鼓動が速くなっているのを感じていた。

器《うつわ》となる肉体。その表現だけで何となく察せるのに、脳が思考を拒絶していた。

そんなシンシアにアシュレイははっきりと告げた。

「まあここまで言えばわかるよな。もしあの野郎がエリスの復活を企《たくら》むとしたら、器《うつわ》の候補は一つしかない。――お前だ」

「あ、あっ……」

シンシアは震えて声が出なかった。

「そうすれば最低でも姿はそっくりになる。わかったか？　真意はわからないが、お前にかけた愛情は、愛する女に捧《ささ》げるための肉体を持っているからだった、とも考えられるんだ。あの野郎に義理立てするのは立派だが、視野を狭めるな。冷静に状況を把握しろ」

「しょ、証拠は……」

どうにかシンシアはそれだけを口にした。

「『カイメラ』を探していたことだけは確実だ。まあそれだけで十分とも言えるがな」

「そ、そんな、う、嘘《うそ》……」

「そう思いたいならそう思え。そのほうが幸せかもしれねぇ。でも真実は容赦なく襲い掛かる。現実から目を背けるな」

「でも、そんなことって――」

信じられないのではない。信じたくなかった。

『はっはっは！　そう言うな。父が娘を褒めるときはこうするものだ』

父の大きな手。その手で頭を撫《な》でられた感触は、今もはっきりと思い出すことができる。

でも、それが母を復活させるための生贄《いけにえ》にすることを目的とした行動だとしたら――わたしは何を信じればいいのだろうか？

「――アシュレイ、そこまでだ！」

凛《りん》として人を律する声。誰よりも尊敬する人の姿がそこにあった。

「久しぶりだな、デュレル……。嬉《うれ》しくて涙が出そうだぜ」

「私は失望を隠せないな。なかなか大胆な行動と褒めてやりたいが、王子ともあろう者が身分を隠して潜入し、あまつさえ人質まで取ろうとは落ちたものだ。恥ずかしいとは思わないのか？」

「人質？　どこが？　シンシアは自由だぜ？　まったく笑わせてくれる。ま、裏でたくさん暗殺してる陰湿野郎からだと、そう見えちまうのかもしれないけどよ」

「剣の腕だけでなく、悪口も一流のようだな。だがもう諦めろ。すでに周囲は包囲されている」

デュレルの合図で庭園の茂みから兵士たちが次々と姿を現す。ざっと見ただけでも百名は超えていた。

「――お父様！」

心臓が張り裂けそうだった。だから胸をぎゅっと押さえ、シンシアは声を絞り出した。

「お父様はわたしのことを愛していますか⁉」

デュレルは虚を突かれた表情をした。

「何を言っているんだ、シンシア？　当り前じゃないか。それよりアシュレイ！　シンシアに傷をつけていないだろうな！」

デュレルの瞳は優しく、想《おも》ってくれていることが一目でわかる。

なのに――不安で足元がおぼつかない。

「お父様！　お聞かせください！　わたしはお母様の代わりなのですか！」

「アシュレイ、貴様……っ！」

デュレルは鬼のごとき形相に変貌した。

「貴様はいつもいつも私の邪魔ばかりしおって……っ！」

「へぇ、それって、おれが話したことは正しかったってお墨付きをくれているのか？」

シンシアは肩を震わせた。

その反応を見て取ったデュレルは慌てて弁解した。

「違う！　そうじゃない！　シンシア、この男に騙《だま》されるな！　この男は嘘《うそ》をついている！」

「では秘宝『カイメラ』をお父様は探していなかった、と？」

「ぐっ――」

デュレルは歯を食いしばり、声を絞り出した。

「いや、それは事実だ……。だがそれは――」

「では本当に――」

「ええい、埒《らち》が明かない！　捕らえろ！　国家転覆を企《たくら》む大犯罪人が目の前にいるのだぞ！」

「ですが姫様が――」

デュレルは舌打ちした。

「シンシア！　とにかく話は後だ！　今のうちに私のところへ来い！」

「お前が決めな」

アシュレイはシンシアの肩に手を置くと、膝を折り、シンシアに目線を合わせた。

「おれのところで真実を見極めるのも一つの手だ。帰りたくなったらいつでも帰してやるよ」

「シンシア！　この男はお前を人質にしようとしているんだぞ！　騙《だま》されるな！」

「叔父様はそんなことをする方では……」

「ああ、しねぇよ。むしろおれは、おれの命を取るために、お前がこの可愛《かわい》い姪《めい》っ子の命を捨てて突撃させねぇかのほうが心配だぜ」

「そんなこと、誰がするか！」

「なら良かったぜ。おれにはお前がそういうことを平気でするようなやつに思えるからな」

「アシュレイイイィ！」

そのとき、庭園の一部に爆炎が舞い上がった。炎は美しい庭園を侵食し、見る者を楽しませた花たちは燃料となって燃え上がっていく。

「な、なんだ貴様——うわっ！」

「ぐはっ！」

包囲網の一角が騒がしい。兵士が誰かと戦闘を行っている。

しかし相手になっていない。撃ちかかってはすぐさま倒され、増えるのは倒れる兵士だけだ。

そのうちに誰も迂闊《うかつ》に襲い掛かれなくなり、道ができた。

「遅かったから迎えに来たぞ、アシュレイ」

「タクマか！」

炎と兵士を背に連れて現れたのは、誠司《せいじ》と同じ年頃の男だった。

「いつまで時間がかかってんだよ。お前の力ならとっくにさらえただろう？」

「おれはそういうつもりで来たんじゃねぇって言っただろ。あくまで望んだら連れていきたいだけだ」

「バカ、甘ぇよ。俺にはこの嬢ちゃんがこの場でお前やこの国にとって最善の選択ができるとは思えねぇな。さらってよく考えてもらったほうが絶対いい結果になるぜ」

拓真《たくま》と視線が合い、シンシアは恐怖で立《た》ち竦《すく》んだ。

格が違う、とはこのことなのだろうか。誠司《せいじ》にも近い感情を抱いたが、あれはオブラートに包んでいた。しかし拓真《たくま》は抜き身となったナイフを彷彿《ほうふつ》とさせ、恐ろしい。

「まったく、あいかわらず行動が早いね。そしてその独善的な行動……まさに君らしい」

場にそぐわぬ、ゆったりとした声。

拓真《たくま》と正反対の場所から姿を見せた誠司《せいじ》は、変わらない微笑を浮かべて対峙《たいじ》する。

「セージ！」

デュレルの声には待ちわびた響きがあった。シンシアはプライドが傷つく音が聞こえた。

自分に対し、父は決してこんな声を出さない。それほど頼りにしているのだ。

誠司《せいじ》は兵士たちをかき分け前に出ると、シンシアに向けてわざとらしく頭を振った。

「……まったく、隊長は度《ど》し難《がた》いほど愚かな人だ」

一瞬でシンシアは頭に血が上った。

「なん、ですって──っ！」

「ああ、すみません。他にいい言い方があればよかったのですけど、別の表現方法が思いつかなくて」

「あなた、わたしの部下のくせによくもそこまでのことが言えたわね！」

「なら上司らしい行動を見せてくれませんか？　だってそうでしょう？　相手がいかに人格的に素晴らしいように見えるからと言って、敵の言葉を鵜呑《うの》みにし、尊敬する父親を危機に陥《おとしい》れるなんて、ボクには理解ができません」

「そっ、それは――」

反撃しようにもできない。冷静になってみれば、誠司《せいじ》の言っていることは事実だった。

「隊長は宰相閣下に不信感を抱かれたようですが、宰相閣下のお話も聞かずに判断するのですか？　普通、双方の意見を聞いて真偽を決めませんか？　少なくともボクならそうしますが」

客観的な意見だからこそ、身に染《し》みる。

シンシアが振り返り見上げると、アシュレイは頭をかいた。

「まぁ、敵ながらあっちのほうが正論だわな」

拓真《たくま》がため息をついた。

「だから言っただろう。あいつが出てきたら流れが来ていても確実に覆《くつがえ》される。その前にさらえ、と」

「それはしねぇよ。せっかく会えた可愛《かわい》い姪《めい》っ子に嫌われたくないからな」

「だからあめぇって」

「その割にはお前、嬉《うれ》しそうな顔をしてるぜ」

誠司《せいじ》が時折見せる、黒い本性。しかし拓真《たくま》は逆に、その内に心優しい本性を持っているのかもしれない。そんなことを感じさせる表情を拓真《たくま》は見せていた。

「――隊長、何をしているんです？」

シンシアは顔を上げた。誠司《せいじ》が何を促しているかわからなかった。

「敵は隊長をさらわないと明言したんですよ？　ということは、隊長に傷をつけないと明言しているに等しいです。なら魔法で攻撃してくださいよ」

「えっ……？」

「げっ――」

アシュレイは血相を変えた。

「ある意味、隊長が今もっとも安全なんですよ？　隊長はこのまま手を振ってお別れをしろとでも言う気ですか？　捕らえるにも兵士は殺されます。逃がせば内戦で多くの人が死ぬかもしれません。ですが隊長がアシュレイ王子を殺せば、皆生き残れます。民を大切にする隊長が、まさか見過ごしたりはしませんよね？」

「あっ、あっ……」

シンシアは脳がかき回されているような感覚を覚えた。

誠司《せいじ》の言っていることは正しい。でも叔父を攻撃することもできない。

アシュレイは額をペチンと叩《たた》いた。

「なんてやつだ……。悪魔か、あいつ……」

「それに類することは確かだな。お前にもわかっただろう。誰がもっとも危険か」

拓真《たくま》はシンシアの首に手を回し、剣を突き付けた。

「悪いが脱出するまでは人質になってもらおう」

「すまねぇ、シンシア。安全なところまで逃げられたらちゃんと解放するから」

こんな状況になってしまってはシンシアにできることはない。だから頷《うなず》くしかなかった。

そのとき、デュレルのもとに兵士の一人が駆け寄った。何かしらを報告すると、デュレルは見るからに動揺した。

すぐに誠司《せいじ》が呼ばれ、ひそひそ話を行う。そして誠司《せいじ》が何かを耳打ちすると、デュレルは一度強く頷《うなず》いた。

「アシュレイ！」

デュレルは前に出ると、大声で告げた。

「父上が、死んだ」

「何、だと――」

長く病床にいた現国王の死は、場に暗い影を落とした。

「お前は指名手配されているが、我が弟でもある。もし葬儀に出席する気があるなら、私は国王代理として一時的に罪を免じ、便宜を図ってもいい」

「そいつは涙が出るほどありがたいねぇ……」

濁した口ぶりは、罠《わな》だろう？　と言いたいことをにおわせていた。

「条件はシンシアの即時解放だ。そうすれば私も包囲を解き、捕縛を撤回する。葬儀が終わるまではお前に手を出さないと約束しよう。どうだ？」

「タクマ、どう思う？」

アシュレイの問いに、拓真《たくま》はすぐに答えなかった。

拓真《たくま》が見ていたのは誠司《せいじ》だった。誠司《せいじ》は拓真《たくま》の視線に気がつくと、くすりと笑い、のんきな笑顔で手を振った。

「呑《の》んでもいいと俺は思う。これだけの人間がいる場だ。約束を簡単に反故《ほご》にできないだろう」

「でも手を出さないってのは……」

「当然嘘《うそ》だろうな。表立って行動しないだけで、後で言い訳が利《き》くようにして襲ってくる。だがここで断ったらもう軍隊を使っての戦いしかなくなる。それは俺もお前も、望むところじゃねぇだろ？」

「……だな」

拓真《たくま》はシンシアから剣を外した。

「行けよ」

自由となったシンシアの背をアシュレイが軽く叩《たた》いた。
「好意に感謝する！　これはその証《あかし》だ！」
シンシアは躊躇《ちゅうちょ》し、振り返った。するとアシュレイは白い歯を見せ、親指を立てた。
シンシアは力強く頷《うなず》き、父のもとへ駆け出した。
波乱が待ち受けている。それは言わずとも知れた。
何が正しくて、何が間違っているのか。
もうそんな問いが意味をなさないところまで行き詰まっている。
ただ自らの信じるもののために突き進むしかないのだ。
摑《つか》み取《と》りたい、未来へ。

第四章　とてもありきたりで、取るに足らないこと

＊

誰も頼れる人間はいなかった。自分の才覚と意志で乗り越えるしかなかった。

だから努力した。何でもできるようにした。幸いこなせるだけの才能が自分にはあった。

しかしいつしか驕《おご》りが入っていたのかもしれない。

そのことに気づかせられたのは、高校の入学式のときだった。

『――ボクは君がそんなに持ち上げるほどたいした人間じゃないよ』

誠司《せいじ》は本気でそう思っていた。だがこの言葉をそのまま受け取ってはいけない。

誠司《せいじ》は明らかに常軌を逸するほどの能力を持っている。なのに過信も増長もせず、全然満足していないということだ。誠司《せいじ》が恐ろしいのは、誰よりも才能がありながら、努力を努力とも思わず、結果他の人間よりも学び、鍛えていることだ。

だからこそ誠司《せいじ》は怪物なのだ。

じゃあ自分はどうなのか？　と拓真《たくま》は自問自答した。

高校生活を円滑にするため、自分のペースに持ち込みたかった。だから誠司《せいじ》が調子に乗って

いるか見定めて、場合によっては鼻っ柱を折ろうとした。

だがそれは――傲慢だったのだ。

誠司《せいじ》の心はフラットだった。誠司《せいじ》には変なしがらみがなく、怒りがなく、恨みがなく、妬みもない。精神の成熟度で言えば大人と子供ほどの差があり、それだけに拓真《たくま》は自分の未熟さが恥ずかしくなった。

考えてみれば、様々な感情に振り回されてきた。

妹に与えられた運命を呪い――父の失踪に憤《いきどお》りを覚え――母の弱さを嘆き――運命に負けまいと虚勢を張り――自分の才能だけが頼りと断じて視野を狭《せま》くし――都合のいい正義を他人に押し付けて生きてきた。


――無意識的に隠し、見ないようにしてきた己の弱さ。

それを教えてくれたのは、お前だった。


『想像以上だ！　だからお前を俺のライバルに認定してやらぁ！』

実はこの時点で完敗だと思っていた。でもさすがに即座には認められなくて、強がって言ってしまった。

悶々《もんもん》としたまま病院に行き、香奈《かな》にこのことを話すと、香奈《かな》はため息交じりにこう言った。

「ホントお兄ちゃんって、見栄《みえ》っ張《ぱ》りだよね」

「ぐっ」

「そんなことやってるからお兄ちゃん、友達できないんだよ」

「ば、馬鹿言え。俺は友達、たくさんいるぜ？」

「お兄ちゃん、友達っていうのは、対等な人のことを言うの。お兄ちゃんの周りにいたのは、取り巻きとか、崇拝者とか、世話している人とか、そういうのでしょ？」

「うっ……」

「確かにお兄ちゃんは頭がいいし、運動も凄《すご》くできるけど、そういう表面上のことでみんな騙《だま》されてるんだよね。だってお兄ちゃん、こんなにダメダメなのに」

「……はぁ、お前には負けるぜ」

「ということでお兄ちゃん、高城《たかしろ》さんと絶対仲良くなったほうがいいよ。ぶっちゃけ土下座してお友達にしてもらうレベルだって。……あ、でも、もしかしたら高城《たかしろ》さんから話しかけてくるかも。あ〜、それもありそうだな〜」

「何だ？　お前は予言者か何かか？」

「そうだね。わたし、予言者かも」

その一週間後、拓真《たくま》は忙しくて入学式以来話していなかった誠司《せいじ》から『友達になってほしい』と言われた。香奈《かな》の予言が当たったのだ。

香奈《かな》にはそういう不思議なところがあった。

「君が香奈《かな》ちゃんだね。拓真《たくま》から話を聞いているよ。ボクは高城誠司《たかしろせいじ》。お兄さんの友達だ」

親友と呼べるほど仲良くなったころ、拓真《たくま》は妹に誠司《せいじ》を紹介した。

「初めまして。菅沼香奈《すがぬまかな》です。お兄ちゃんに友達がいるって信じられなかったんですけど、実在したんですね」

「おいっ！」

「だって話に出てくる誠司《せいじ》さんって完璧超人だから、お兄ちゃんの妄想の確率が五分五分かなってずっと思ってたんだもん」

「マジか……俺、妹にそんな風に思われてたのか……」

拓真《たくま》が隅でいじけていると、香奈《かな》はタロットカードを取り出し、裏を向けて差し出した。

「誠司《せいじ》さん、一枚取ってもらっていいですか？ シャッフルしても何でもいいです。そして選んだ一枚を、裏を向けたままわたしに渡してください」

「いいけど……香奈《かな》ちゃんは占いが好きなのかい？」

「はい」

「好きってレベルじゃねーぞ。占いマニアだ。占いは所詮統計学って言っても聞きゃしねーんだ」

「お兄ちゃんうるさい！ 暇なら誠司《せいじ》さんにお茶くらい出してよ！ ホントお兄ちゃんは気が

利《き》かないんだから！」

猫のぬいぐるみを投げつけられた拓真《たくま》は口を尖《とが》らせつつ急須にお湯を入れた。

「はい、じゃあこれを」

香奈《かな》は誠司《せいじ》から受け取ったタロットカードを、そっと自分だけ見えるようにめくった。

「あっ……」

「どんな結果だったんだい？」

「誠司《せいじ》さん、わたしと相性ばっちりでした。こんなに相性がいい人は初めてです」

「それは光栄だな」

「うわっ、誠司《せいじ》さん、笑顔が王子すぎ。学校で滅茶苦茶《めちゃくちゃ》モテてますよね？」

「そんなことないよ。君のお兄さんもなかなかだ」

「お兄ちゃんは端的に言うと、野獣ですよね？　気に入る人がいるとすれば特殊な趣味なだけです」

「だーれが特殊だ！　誰が！」

そんなこんなで初面会が終わると、病室を出たところで誠司《せいじ》が声をかけてきた。

「いい妹さんだね」

「生意気で困ってんだよ」

「でも大事にしていることがよくわかった」

「……まあな」

「で、ボクをここへ連れてきた本当の理由を聞かせてくれないか？　妹に友達を紹介したかったという理由もあるだろうけど、それだけとはボクには思えなかった」

誠司《せいじ》は恐ろしく勘のいいやつだった。人の機微を察知することに長《た》けていた。

「香奈《かな》の病気で相談したことがあったよな？」

「ああ。この病院では完治の見込みはないだろうな。ボクの家の病院のほうがまだ可能性がある」

誠司《せいじ》の実家は大病院だった。芸能人や政治家も入院するような、日本を代表する病院と言っていい。それだけに一般人にとっては、つてがなければ入ることさえできないような場所だった。

「……頼む。お前の家の病院を紹介してくれ。そのためなら何でもする」

次の瞬間、誠司《せいじ》は何でもないことのように言った。

「いいよ」

「本当か⁉」

「ああ。水臭いな。人に頼みたがらない君が頼むんだ。できることなら何でも協力するよ」

「助かる。金は俺がどうにかするから」

「別に無料でいいよ。好意の証《あかし》として受け取ってくれていい」

「いや、それは駄目だ」

拓真《たくま》はきっぱりと拒絶した。

「俺はお前と対等でいたいと思ってる。それは友達の範疇《はんちゅう》を超えて、施しだ。そんなのは受け取れねぇ」

「……そうだね。確かに君の言う通りだ。ボクも君とは対等でいたい。なら友達価格にするよう両親には伝えておく。これなら許されるかな？」

「ありがとう、誠司《せいじ》」

そう言いながら誠司《せいじ》は最高級の部屋を用意し、以前の病院と同じだけのお金しか取らなかった。そこまでが友達としてギリギリ許される範囲だと見切っての行動であることはすぐにわかった。

香奈《かな》が誠司《せいじ》の家の病院に転院したことで言わば家族同士の付き合いになり、関係はより深まった。誠司《せいじ》は香奈《かな》の病室によく顔を出してくれたし、その後二人で夕食を食べることも増えた。

「俺は警察官僚になりてぇんだ。父親が警察官だったたってこともあるしな。それで俺は偉くなって、冤罪《えんざい》をなくしてやる」

よく近くにある堤防で様々なことを語り合った。

「君ならなれるさ。ただ付け加えるなら、君は政治家も視野に入れたほうがいい。たぶん君の正義感は、法律を守らせる側よりも法律を作る側のほうが正常に働くと思う」

「……なるほど。さすがだな。お前はどうなんだ？　将来どうするんだ？」

「ボクは医者になって両親の跡を継ぐことになるかな。昔から医者になると思っていたし——それに今は新たな目標もできた」

「何だ？」

「香奈《かな》ちゃんの病気、治してあげたいね。あと十五年……いや、十年あれば必ず何とかするんだけど」

「……バカ、泣かせんじゃねーよ」

拓真《たくま》が誠司《せいじ》の肩を殴りつけると、誠司《せいじ》はやれやれといった表情で両肩をすくめた。

「ホントはお前のほうが政治家に向いてる気がするけどな。口うめぇし」

「じゃあ、香奈《かな》ちゃんの病気を治したら、政治家に転身するかな。それで将来、二人で日本を支配するかい？」

「ははっ、お前となら世界征服だってできそうな気がするぜ」

嘘《うそ》じゃなかった。誠司《せいじ》と一緒なら何でもできるような気がしていた。

「そうだな、それも悪くないな。でも別にボクは、人の上に立ちたいわけじゃないんだ。君とこうやって競い合っているほうが楽しい。それだけで、十分幸せなんだ」

たくさんの人間から好意を持たれ、時には尊敬されてきた。

しかし違うんだ、と拓真《たくま》は思っていた。

——俺は尊敬されたいんじゃない！　尊敬したかったんだ！

だから同じ気持ちだった。誠司《せいじ》と出会えて幸せだった。何でも言い合え、全力で競い合える友がいる。心から尊敬し、頼りにできる人間がいる。これほどの幸福はなかった。

——ありがとう。


言葉には出せない感謝の想《おも》いが拓真《たくま》にはあった。

もちろん、誠司《せいじ》がただの善人ではないことなど知っている。時には冷徹になり、特に〝死〟に対しては歪《ゆが》んでいるとも言える価値観を抱いている。

だが人のことは言えない。歪《ゆが》んだ部分は俺にだってある。

誰にだって秘密はあるし、受け入れられない部分はある。それでもこれほど尊敬し、友情を感じられるやつなんて二度と現れないだろう。

俺とお前は親友だ。一生、親友だ。

たとえ、どんなことがあろうとも——


…………………

…………

……

拓真《たくま》はベッドから跳ね起きた。

そして窓から見える光景を眺め、異世界にやってきたことを思い出した。

食堂へ行くと、アシュレイが朝食を食べていた。

「よう、アシュレイ、どうしたんだ？　お前にしちゃ随分早起きじゃねーか」

「ああ、ついに今日だからな」

今日、国王の葬儀がある。そこで誠司《せいじ》とデュレルが何かしら手を打ってくることは確実だった。

「タクマ、お前こそどうしたんだ？　顔色が悪いな。寝られなかったのか？」

「いや、寝たよ。だが――」

拓真《たくま》は奥歯を噛《か》みしめた。

「最低な夢を見ただけだ」

「……そうか」

拓真《たくま》はアシュレイの向かいに座ると、籠に入っていたパンを手に取ってかじった。

「殺せるか？」

アシュレイは水を一気に飲み干すと、木のコップをテーブルに叩《たた》きつけた。

「セージ・アイヒェンドルフ男爵。お前、親友だったんだろ？」

「……殺すさ」

拓真《たくま》は手に力を込めた。

「親友だから殺せないんじゃない。親友だから、殺すんだ。それが友としてできる、最後のことだから」

＊

早朝の宰相室。

デュレルは誠司《せいじ》とシンシアを呼び寄せ、最後の打ち合わせを行っていた。

「…………という流れで進めます。よろしいですね？」

「ああ」

「いいわ」

誠司《せいじ》の説明に、デュレルとシンシアが頷《うなず》く。

策は決まった。だがデュレルは策の内容以外に気にかかることがあった。

「シンシア、本当にいいのだな？」

「はい、納得しています。すべてはお父様の望みのままに」

――なぜこちらを見ない、シンシア。


そうデュレルは言いたかった。だができなかった。

あの日……アシュレイが現れた日から、シンシアとの間に溝ができていた。

時間を作り、デュレルはシンシアに説明をした。

『秘宝【カイメラ】は確かにお前の母、エリスを復活させるための鍵になることから探していた。だがこれだけは信じてくれ、シンシア。私はお前を器《うつわ》にしようなどと思ったことはない。お前はたった一人の大切な娘だ。お前を犠牲にして手に入れたいものなどこの世にあるものか。本当だ。信じてくれ』

シンシアは頷《うなず》き、わたしはお父様の愛情を疑ったことなどありません、わたしはただお父様についていきます、そう言った。

なのに――

それから話していても、どこかぎこちない雰囲気となってしまっていた。

「セージ、お前のほうは大丈夫なのか？」

思考を変えたい気持ちがあったのかもしれない。デュレルは誠司《せいじ》に矛先を向けた。

誠司《せいじ》はいつもの笑みで答える。

「相手は拓真《たくま》、ボクでも百パーセント勝てるとは申せません。ですが、全力は尽くしました。勝つ算段はすでについていています」

「……そうか」

「勝つにせよ負けるにせよ、勝負は一瞬で決まるでしょう。どちらの結果になっても宰相閣下には損がないようにしてあります。それだけはご安心を」

「……わかった。ではセージもシンシアも下がれ。よい結果に期待している」

二人は一礼し、部屋から退出していった。

静けさが戻った室内。デュレルは引き出しから魔紙《まし》を取り出した。

「エリス……」

紙に写った彼女は今も若く美しいまま微笑《ほほえ》んでいる。

しかし、違う。この笑顔は自分に向けてのものではない。

『迎えに来たぞ、エリス！』

人生最良の日。初めて弟に勝った日。そして、汚れた行いをしてでも、勝ち取らなければ意味がないと確信した日。

フランクール家の屋敷《やしき》に赴いたデュレルは、自室にいたエリスに声をかけた。

『私には君が必要なんだ！　君がいれば何もいらない！　君のためなら何でもしよう！　さあ、君の笑顔を見せてくれ！』

だが婚約者となった愛《いと》しい女性に、笑顔はなかった。

『デュレル、様……』

悲しげな瞳だった。明るく快活だった面影はもうない。

穢《けが》れのない純白は、一度汚れればもう戻ることがなかった。

結婚しても変わらなかった。彼女は結婚を拒否せず、一度として反抗することもなかったが、何一つ肯定することもなかった。

ただ、笑顔が失われた。

デュレルはそれをアシュレイのせいだと断定した。アシュレイと引き裂かれたことを恨んでいるのだと感じた。だからより父の無残な命令を密《ひそ》かに実行し、力をつけることに没頭した。

すべてはアシュレイを消し去るために。

「もう一度……もう一度だけでいい……」

デュレルは紙を握りしめ、そっと目をつぶった。

「あのとき——馬車へ乗り込んだときに向けてくれた、君の笑顔が見たい……」

＊

誠司《せいじ》は宰相室から出ると、シンシアから服の裾を引っ張られた。

「どうされましたか、隊長」

「本当にこれでいいのかしら……」

「いいに決まってるじゃないですか」

誠司《せいじ》はさらりと断言した。

「今、この国の未来を決める鍵を持つのは宰相閣下でもアシュレイ王子でもありません。隊長なのです。民を憂い、宰相閣下とアシュレイ王子、どちらにも親愛の情を持つ隊長が悩み、考え、決めたことなのでしょう？　正しいに決まっていますよ」

「わたしはそれほど楽観視できないわ」

「どこまでいっても楽観なんてできませんよ。問題は覚悟があるか、それだけです」

「……そうね。その通りだわ」

そうつぶやくと、シンシアは自分の世界に入っていった。

随分と思いつめ、重圧を感じているようだ。無理もない、いくら帝王学を修めているとはいえ、十三歳の少女。その細い肩に国の未来はあまりに重い。

返事を求めていないことがわかった誠司《せいじ》は、シンシアと正反対の道を歩き出した。

「話し合いは終わりましたか？」

通路の中央でオデットは待ち構えていた。

「ああ。ボクらも最後の点検をしよう」

「わかりました」

並んで歩く。オデットは以前三歩下がってついてきていたが、話しにくいため誠司《せいじ》はやめさせていた。

「すまない、オデット。結局君の命を使うことでしか、勝つ道筋を見つけられなかった」

オデットはゆっくりと首を左右に振った。

「いいえ、最初から私の命はご主人様のものですので」

「そうか」

誠司《せいじ》は立ち止まって庭を見た。

すでに多くの貴族たちが弔問に集まっている。その中に拓真《たくま》とアシュレイが交じっているのが目に留まった。

と同時に拓真《たくま》が気がつき、獣のような眼光で見上げてきた。

ぶつかり合う視線。針で刺すような殺気に貫かれ、誠司《せいじ》は震えるような快感を覚えた。

「記憶に残る一日になりそうだ」

そして運命の日は始まりを告げた。

＊

葬儀はしめやかに行われた。

参列したのは百名を超える国中の貴族たち。デュレルは彼らを迎え、すべてを取り仕切る。このことによりデュレルは内外に後継者が自分であることを示していた。

その補佐として、常に横にシンシアの姿があった。久しぶりに見た者もそうでない者も彼女の喪服姿の美しさにため息をつき、完璧な礼節をもって遇する様は賢姫《けんき》ここにありと印象付けることになった。

そんな中、拓真《たくま》はアシュレイの横にいながら神経を尖《とが》らせていた。

アシュレイは棺《ひつぎ》の安置室で父親の亡骸《なきがら》を見つめている。『褒められた父親ではなかった』と言っていたが、あのいかつい男が人目もはばからず涙ぐんでいた。

自分が同じ立場となったときどうなるだろう、と拓真《たくま》は思った。

冤罪《えんざい》によって姿を消した父。父としての誇りや申し訳なさがあったからこそ消えたのだろうが、それでも一緒にいてほしかった。病気の妹——香奈《かな》に寄り添ってほしかった。だからもし死んだと聞いて顔を見たら、おそらく第一声は『馬鹿野郎』だ。

でも泣いてしまうかもしれない。悲しくないのに、泣けるかもしれない。

だからアシュレイの気持ちはよく理解できた。

「待たせて悪かったな」

「いや」

安置室を二人で後にしたところ、背後から声をかけられた。

「やぁ、拓真《たくま》。迎えに来たよ」

「誠司《せいじ》……」

人通りのある通路の真ん中で、たまたま学校の廊下で出会ったときと同じように――誠司《せいじ》は声をかけてきた。

「叔父様、お迎えに上がりました」

「シンシア……」

二人の他は護衛もいない。武器も所持していない。

拓真《たくま》が想定した中で、この情景はもっともありえない部類のものだった。他人が見たらさぞ拍子抜けだろう。


――違う、こういうときの誠司がもっとも怖い。


そう拓真《たくま》は心の中でつぶやいていた。

シンシアが前に出る。

「叔父様、少しお話ができるところに。たぶん叔父様は警戒していらっしゃるでしょうから、場所は自由に選んでいただいて結構です」

「そりゃむしろありがたいが……こいつもついてくるのか？」

アシュレイが親指で誠司《せいじ》を示す。

「わたしは叔父様に、セージはそこのスガヌマ・タクマさんに用事があるので、分かれてもいいのであればここで分かれましょう」

「……どうする、タクマ？」

分かれるのは非常にリスクが高かった。ただでさえ敵のど真ん中。戦力の分散は愚の骨頂と言っていい。

二人ならどれほど囲まれてもまず潜《くぐ》り抜《ぬ》けられる。それほどアシュレイは強いし、自分も後れは取らない。

だが一人ずつであった場合、逃げ切るには苦しい。

拓真《たくま》は剣で負ける気はしていなかったが、魔法が使えないのが痛かった。魔法は広範囲に攻撃ができ、包囲を突き破るときの先制攻撃や撤退中の牽制《けんせい》に不可欠であるため、数で押し寄せられると体力を削られて負ける可能性があった。

アシュレイにはからめ手が怖い。敵には誠司《せいじ》がいる。罠《わな》を張られていたとき、誠司《せいじ》を知らないアシュレイではすべてを防ぎきることは無理だろう。

「ひとまず二人で話を聞かせてくれ」

「構わないよ」

誠司《せいじ》に迷いはない。想定内なのだろう。

「じゃあこっちだ」

王宮に精通しているアシュレイが先導した。

細い道を曲がり、角を二本も曲がれば急に人気がなくなった。

「まあ、ここなら誰にも聞こえないだろ。で、話ってなんだ？」

拓真《たくま》はアシュレイの声に期待が混じっているのを感じ取った。

アシュレイにとって、勝利と呼べるものは二つしかない。

デュレルと手を組むか、デュレルを排除してシンシアを担《かつ》ぐか、この二つだ。どちらもシンシアの協力は不可欠であり、直接会話ができるというのは大きなチャンスだった。

だがその望みは甘すぎる——と拓真《たくま》は思う。なぜならこの場には誠司《せいじ》がいる。

誠司《せいじ》の望みはおそらく混沌《こんとん》。戦争や人殺しが可能となる状況を望む。

だとすると誠司《せいじ》は邪魔をするに決まっており、その巧みな話術で口を挟まれたら交渉はいともたやすく破綻するだろう。だからアシュレイがシンシアと手を組みたいなら、少なくとも誠《せい》司《じ》がいない場所で話をしなければ意味がないのだ。

シンシアが口を開けたところで、拓真《たくま》は遮った。

「アシュレイ、今ここで誠司《せいじ》を殺すぞ。俺とお前、二人でならやれる」

「なに⁉」

アシュレイは眉を吊《つ》り上《あ》げ、シンシアは身構えた。

「それが最善の勝ち筋だ。逆に言えば、ここで少しでも話を聞いたら無傷の勝利はあり得ない。援軍も来るだろうが、囲まれる前に一気に片をつけるんだ。それしかねぇ」

シンシアの話には必ず誠司《せいじ》が絡《から》んでいる。だとしたら聞いた時点で誠司《せいじ》に取り込まれる。誠司《せいじ》がいる限り勝利には近づけない。ならば誠司《せいじ》を排除することがもっとも先決だ。

「素晴らしいよ、拓真《たくま》」

誠司《せいじ》は音を出さず拍手した。

「多少の汚名や非難を恐れず、もっとも他人が傷つかない正解に導く。ボクはそんな君がもっとも優しいと思うよ」

「アシュレイ、今だけだぜ。今なら誠司《せいじ》を殺せる。その後なら王女様をさらったり交渉したり、いくらでも対処できる。気づいてくれ。誠司《せいじ》はお前が話を聞くと確信して接触してきている。その想定を崩すしか勝ち目はないぞ」

しかし誠司《せいじ》は動揺しない。

「拓真《たくま》の言うことは正しい。ですがアシュレイ王子。あなたに一時的にでもシンシア隊長を敵にすることができますか？」

「……すまねぇな、タクマ」

アシュレイは短く告げた。

「話を聞かせてもらおうか」

拓真《たくま》に苦々しいものが広がった。

これが誠司《せいじ》のやり口。性格を的確に見抜き、弱点を見極め、付け込み、否応《いやおう》なく自分のペースに持ち込むのだ。普通に行動すれば意思とは関係なく悲劇へ向かって転がっていく、悪魔のドミノだ。

だがアシュレイが聞くことを選んだ以上、拓真《たくま》ができることはもうなかった。

「ではわたしから」

シンシアの髪が風になびく。黒い喪服に金色の髪が浮き上がり、光り輝いていた。

「叔父様、わたしと一緒に宰相室へ来てください」

「宰相室ということは、デュレルがいるのか？」

「今はまだ公務を抜けられませんが、三十分後に休憩時間があります。そのとき、家族だけでお話をしたいのです」

「家族、ねぇ……。そりゃまたほのぼのとした話し合いになりそうだ」

どちらかと言えば楽観的なアシュレイでさえ素直に受け取れないようだった。

「でもよ、本当にあの野郎とお前とおれだけなのか？」

「保証します」

「保証って言われてもな……」

「これが証拠です」

シンシアは丸めた紙を取り出した。古ぼけてはいるが、品質が良《い》いものであることは一目でわかる。

「ちょっと待て」

アシュレイが目を留《と》めたのは、封蠟《ふうろう》だった。

封蠟《ふうろう》は溶けた蠟《ろう》を印でもって固め封じる。その封蠟《ふうろう》に使われている印は——国王しか使えぬ王家の印だった。

「まさか、これは……」

「そうです。クルーセル侯爵家からセージが回収したお祖父《じい》様の遺書です」

「なにィ——！」

「もちろん開けておりません。確認していただいても結構です」

「お、おう……」

アシュレイは紙を受け取り、様々な角度で眺めた。

「確かに、本物だ……。でも何でデュレルはこれを開けなかったんだ……？」

「すみませんね、ボクのせいです」

誠司《せいじ》はまったく悪びれずに言った。

「王子も察していると思いますが、宰相閣下は遺書を自分の都合のいいものに作り変えようとしていました。だとすると、遺書が宰相閣下の手元にある事実が大事なだけで、中身に意味がないと思いませんか？」

「そりゃそうだ。でもあったら普通開けるだろ？」

「ボクが偽物《にせもの》とすり替えました。後でわかるように魔法に反応する仕掛けを仕込んでいたのですが、そうと教えたら宰相閣下は大変お怒りになられました」

「当たり前だろうが！　おい、タクマ！　何なんだ、こいつ！」

「落ち着け、アシュレイ。何度も言っただろう。これが誠司《せいじ》という男なんだよ」

味方ならこれほど頼りになる人間はいないが、敵としてこれほど恐ろしい人間はいない。

誠司《せいじ》は敵に感情を挟まない。残忍で、冷血で、人の思考を読んで最善の手を打ち、笑顔で人を地獄に落としてくる。

拓真《たくま》は少しでも誠司《せいじ》に話させないよう、先手を打って話を進めた。

「お前が偽物《にせもの》を渡したのは、デュレルのやる気をそがないためだな？　おそらく偽物《にせもの》に『後継者はアシュレイ』と書かせておいたのだろう。そうすればデュレルはクルーセルを殺したことを正当化できる。もし殺さなければ自分は後継者になれなかった、と思ってな」

「ご名答。もし宰相閣下が後継者だなんて書いてあったら、さすがの宰相閣下も罪悪感に襲われちゃうだろうからね。幕を開けておいて役者がおじけづいているなんて興ざめだろう？　だから偽物《にせもの》を渡したわけさ」

「善人そうな顔をしておいてやってることは最低だな、お前」

アシュレイが唾を吐き捨てる。

「お褒めに与《あずか》り光栄です」

「んなこと聞きたいんじゃねぇ。なら何で今更本物なんか出してくるんだ？」

「今になって本物の遺書に価値が出てきたからですよ」

「どういうことだ……？」

誠司《せいじ》は顎に人差し指を当てた。

「宰相閣下はここに来て迷いを見せています。それもこれも王子が宰相閣下の隠された目的を暴いたからですよ？」

「…………」

シンシアはうつむいたまま何も言わなかった。

「宰相閣下がどの程度本気でエリス様の復活を望んでいたのか、ボクにはわかりません。もしかしたら他人を生贄《いけにえ》にするつもりで、娘を器《うつわ》にするなんてまったく考えていなかったかもしれませんし、実はかなり本気だったのかもしれません。でも、娘に注いでいた愛情は本物だったのでしょう。それだけに隊長とぎこちなくなってから、宰相閣下は迷うようになりました。隊長が王子に好意を持ったこともあり、覇道を邁進《まいしん》すればするほど、隊長の心が離れていくことに恐れを感じたのでしょうね」

「……本当か？」

アシュレイの問いに、シンシアは視線を逸《そ》らしたまま答えた。

「お父様とぎこちなくなっているのは事実です。どのようなお心かは……測りかねます」

「ボクは困るんですよ。宰相閣下がそれでは。ボクは宰相閣下の覇道を心から応援する者です。しかしこうなっては流れは変えられません。そのためいっそ王子と和解させ、その力で世界制覇でもしてもらおうと、そういう結論に至りました」

「世界制覇だぁ？」

「宰相閣下と王子が手を組み、ボクが力を貸せば十分に可能と判断しました。拓真《たくま》、君にも協力してほしいんだけど、どうかな？」

「嘘《うそ》をつくな、誠司《せいじ》——」

拓真《たくま》は殺すつもりで誠司《せいじ》をにらみつけた。余波を受けてシンシアが小さく悲鳴を上げたが、肝心の誠司《せいじ》はどこ吹く風だった。

「お前が殺したいのは俺だ。だからお前が俺と組もうと本気で思うはずがない」

「ふふっ、やっぱり君にはわかっちゃうか。いやね、組みたくないなんて思ってないよ。優先順位の第一が君を殺すことで、第二が君と協力することなんだ。だから殺せない状況になってしまったら協力したいな。だってボクと君が組めば無敵だろう？」

「っ——」

　夢の光景が、拓真《たくま》によみがえる。

　それを拓真《たくま》は即座に振り切った。

「ふざけるな……っ！　妹を殺した男と組めると思うか……っ!?」

　誠司《せいじ》は肩をすくめた。

「まあそうだよね。とても残念だな」

「ちっ、イカれてやがるぜ……」

　アシュレイの額に冷や汗が流れている。先ほどまでは嫌悪《けんお》感が前面に出ていたが、誠司《せいじ》の異常さを感じ取り、恐怖へと変わっていったのだろう。

「あの、いいでしょうか？」

　シンシアが口を開いた。

「セージが本物の遺書を持ってきて、いっそ叔父様も入れて中を見てみたらどうかと提案したのは事実です。お父様にどのような真意があるかはわかりませんが、受け入れられました。そしてわたしも受け入れました。わたしが受け入れたのは、和解のきっかけになると思ったからです」

「と、いうと？」

「もしお父様の名が書いてあれば、叔父様は認めてください。もし叔父様の名が書いてあれば、叔父様から王位を譲ると言ってください。そしてその際、お父様が苦境にあったとき助け船が出せなかったことを謝罪してくれませんか？」

「それは……」

だいぶアシュレイが譲る形になる。先だ後だと順番をつけるのは馬鹿らしいが、こういうのは先に謝罪をしたほうが下となる。

「叔父様にご負担をかけるのはわかっています。それだけはできない、と思われたかもしれません。ですが、伏してお願いします。お父様は心の迷路に迷い込んでいます。もうわたしの言葉では抜け出すことができません。もし叔父様にここまでしていただければ、わたしのすべてをかけてお父様を説得してみせます。もうこれしかないのです。どうか叔父様、どうか……」

シンシアは涙ぐみ、床に手をつけた。そして額も床につけようとしたところで、アシュレイがシンシアの手を取り、そんなことをさせないよう引っ張って立たせた。

「まったく……子供にそこまでされたら、大人がしないわけにはいかねぇだろうが」

「叔父様？」

「わかった。お前の言う通りやってみてやる」

「ほ、本当ですか……っ！」

「ただし」

アシュレイは表情から甘さを消した。

「そこまでやってダメなら、おれがその場でデュレルを取り押さえる。そしてお前が王になれ。

それが条件だ」

シンシアは喪服のスカートをぎゅっと握りしめると、おずおずと言った。

「それは……薄々覚悟していました」

「了承するってことだな？」

「……はい」

「よしっ、決まった」

アシュレイは拳と手の平を合わせた。

「タクマ、そういうことでおれは行ってくらぁ」

拓真《たくま》は眉間に皺《しわ》を寄せた。

たぶん、そんなに都合よくはいかない。誠司《せいじ》が絡《から》んでいる限り、間違いなく罠《わな》が張ってある。

しかしここまで聞いてしまった以上、他に選択肢はない。すでに解決策——この場で誠司《せいじ》を殺すというのは提示した。それが否定された以上、巣の中に飛び込むしか活路はない。

「無駄かもしれねぇが、一応言っておく。気をつけろ」

「まったくお前はなんだかんだ言って世話焼きだな。……わかったよ」

そうしてシンシアとアシュレイは二人で移動し、拓真《たくま》は誠司《せいじ》とともに残された。

「で、俺への用件は何だ？」

「久しぶりにゆっくり食事でも、と言いたいところだけど、ボクらはすでに行き詰まっている。

となると、殺し合いしかないだろう？」

「そうだな。で、どこでやるつもりだ？」

王宮内は葬儀で人が詰めかけている。人のいるところでやり始めれば兵士がやってきて、加勢されるのは間違いない。

「屋上なんてどうかな？　人気はなく、殺し合うにはちょうどいいだけの広さもある」

「いいだろう」

拓真《たくま》が即座に受けると、誠司《せいじ》は意外そうな顔をした。

「いいのかい？　ボクが罠《わな》を張っているとは思わないのかな？」

「思ってる。しかしすぐさま加勢の兵が来ない場所なら受けるつもりでいた。どうせ俺が場所にこだわってもお前の手の内だ。かといって俺が優勢すぎる場所ならお前は戦わない。ならお前の手の内に入って噛《か》み千切るしかねぇからな」

「君らしい発想だ。実に素晴らしい」

「どうせお前は俺に勝機を残しているんだろ？　そういうことをするやつだ」

「君は予想以上にボクを高く評価してくれているんだな。四分六分の勝率を何とか六分四分にするのでやっとだったよ」

誠司《せいじ》が歩き出す。拓真《たくま》はその横についた。

「お前のことだから毒ガスを使ってここに集まった貴族もろともアシュレイを殺そうとするか

と思っていたんだが、やらなかったんだな」

拓真《たくま》は暗殺者の襲撃、魔法や吹き矢による狙撃などを警戒していたが、もっとも警戒していたのがこれだった。

誠司《せいじ》が魔法を使って毒の発動を自在にしていることを拓真《たくま》は感知していた。この効力がもっとも発揮されるのが毒ガスで、発動させない状態で撒《ま》き、広まったところで発動させればお手軽に大量殺戮《さつりく》が可能となる。防ぐことが非常に難しい、まさに悪魔の一手だった。

「提案はしていたよ。でも宰相閣下に却下された。まあボクも興が乗らない策だったから良しとした。それをやれば一番安全に君や王子を殺せたんだろうけどね」

「普通の人間なら実行をためらう。お前じゃないんだからな」

「とはいえ予測できるんだから、君もボクの領域に片足踏み込んでいるよ」

「それよりお前、さっきのは何だ？」

気になっていた違和感。屋上にたどり着くまでの時間を使い、拓真《たくま》は問いただすことにした。

「何だとは何だい？」

「俺と殺し合いがしたいだけなら、俺を呼び出すだけでよかったんだ。俺は勝算が残されていれば乗っただろう。どうしてこんなに王位継承争いに関わるんだ？」

誠司《せいじ》は実に嬉《うれ》しそうに笑った。

「ここまで関わったのは、まあ今後のことを考えてが一つ」

「あいかわらずの自信家だな。もう俺に勝った後の算段か」

「もう一つはアシュレイ王子に助《すけ》っ人《と》されると勝算がなかった。だから確実に外れてもらった」

「まあそうだろうな」

アシュレイの戦闘力はおそらく誠司《せいじ》と互角以上。まともにぶつかり合おうとするはずがない。

「それでこれが本命なんだけど、ボクと君の戦いに、国を乗せたかった」

「国を、乗せる……？」

「そうさ。せっかくだから、勝者にご褒美《ほうび》を用意したかったんだ。ボクと君、勝者となったほうが国を自由にできる準備を整えさせてもらった。まさに舞台は整ったわけだ」

拓真《たくま》の背中に悪寒《おかん》が走った。

「てめぇ、何をしやがった……っ！」

「毒、だよ」

誠司《せいじ》は短く告げた。

「毒でもね、心の毒だ。肉体に与える毒は効力が明らかで使い勝手がいいけれど、心の毒は扱いが難しい。その分、効きさえすれば思うがままに操れるメリットがある。だからボクもいろいろと工作をしたわけだ」

誠司《せいじ》は悪魔が裸足《はだし》で逃げだしそうな笑みを浮かべた。

「あの三人には毒の海に落ちてもらった。あがくほど苦しむ、底のない闇の海さ。今頃、もがき苦しんでいるだろうね。きっと」

＊

宰相室に案内されたアシュレイはソファーに腰をかけながら、周囲を見渡していた。

懐《なつ》かしい調度品や絵画。最後に来たのはもう十五年以上前になるが、主《あるじ》がデュレルに代わってもまるで変わっていなかった。

「叔父様、どうぞ」

シンシアが隣室から紅茶を持ってきて差し出した。

「ありがとな。……いい香りだ。おれの好きな葉だ」

「きっと国境では手に入りにくいと思って用意しておきました」

「紅茶のうまさを教えてくれたのはエリスだった。お前の顔を見ていると不思議な気持ちになるな」

「……そうですか」

一瞬、シンシアの顔色が優れないのは気になったが、気にするほどのことでもないと思い、アシュレイは紅茶に口をつけた。

喉から胃へ。紅茶が流れたとたん、アシュレイは肉体に違和感を覚えた。

「っ――」

手が、しびれる。全身に力が入らない。

「まさか――」

完全に油断していた。この可愛《かわい》い姪《めい》は卑怯《ひきょう》なことをしない、と。

「ごめんなさい、叔父様……」

シンシアは目尻に涙を溜《た》めて言った。

「本意ではありません。しかし叔父様の力を奪うこと……これがお父様が出された会談の条件なのです……。叔父様は強すぎます。話が決裂した際、お父様を殺すことすら可能です。なのでわたしはお父様の出した条件を呑《の》みました」

確かに同じ部屋にさえ来れば、デュレルを殺すことは可能だった。だがそこまでするつもりはなかった。苦々しかったのは姪《めい》にそれを信じてもらえなかったことだった。

「叔父様……先ほどわたしが言ったことは嘘《うそ》ではありません……。叔父様が先に謝罪してくだされば、わたしが後は何とかします……。その毒は倒れたりしゃべれなくなったりするほど強力ではありません。解毒剤《げどくざい》も用意してあります。万が一の際はお渡ししますから、どうかわたしの言うように動いてください……」

毒に冒されては他に選択肢がなかった。

どうせデュレルを説得するしかなかったのだ。退路が断たれて覚悟は決まった。それでよしとしよう。

そうアシュレイは前向きに捉えた。

「……わかった」

「すみません、叔父様。ではお父様を呼んできます」

シンシアは隣室からデュレルを連れてきた。公務でここにはいない、ということも嘘《うそ》だったのだ。

「いいざまだな、アシュレイ。気分はどうだ？」

デュレルの瞳は冷え切っていた。それだけにアシュレイも友好的な気分にはなれなかった。

「今までは良かったが、お前の顔を見てちょっと悪くなったかな」

「そうか。やはり私たちは合わないな。私とは逆の感想だ」

デュレルは宰相の椅子に腰をかけると、シンシアへ向けて顎で催促した。

「では全員が揃《そろ》いましたので、この場で遺書の開示をさせていただきます。公平を期すため、わたしが開示し、読み上げさせていただきます。よろしいですか？」

デュレルは頷《うなず》き、アシュレイもまたしびれる身体《からだ》で頷《うなず》いた。

シンシアは無言で封蠟《ふうろう》を解いた。そして丸めた紙を広げ、書かれた内容に目を移した。

「っ――」

言葉なき衝撃が、シンシアの全身を貫く。

デュレルが釘《くぎ》を刺した。

「正確に読み上げるんだぞ、シンシア。その場限りで取り繕っても後で読めばわかる。嘘《うそ》をついても意味はないからな？」

「わかっております、お父様」

シンシアは深呼吸をすると、遺書に視線を落とした。

「次の国王を――」

デュレルとアシュレイの唾を飲み込む音がする。

シンシアは続きを震えた声で読み上げていった。


「――アシュレイとする」


馬鹿な父親だ、とアシュレイは思った。自分が王位にこだわっていないのに、血統を大事にして兄をないがしろにした父。そのせいで今の破綻した状況が生まれてしまった。

「デュレル、おれは――」

アシュレイはシンシアとの約束通り王座を譲ろうとした。そして謝罪もしようとした。

しかし、できなかった。

それはデュレルの表情があまりに想像外なためだった。

（ショック、だったのか……？）

焦点が合っていない。もはや意識があるのかすらわからない。

しかしすでに偽《にせ》の遺書で同じ結果を見ていたはずだった。ならば覚悟はできているし、耐性もあるはず。

なのに、なぜ……？

「続きを……」

「えっ？」

「シンシア、続きを読め……」

シンシアは視線をさ迷わせた。

シンシア自身も父の異常を感じ取っている。だから口を挟めずにいるのだろう。

「早く！」

父の叱りを受けてシンシアはおずおずと口を開いた。

「また、アシュレイと重臣のみの秘として命じる。デュレルを一刻も早く殺すこと。何を言っても聞いてはならない。デュレルは国の秘密を知り過ぎている。反逆者に仕立て上げて殺せ。そうしなければ、必ずや国の禍根となるだろう」

勝手すぎる言葉だった。散々息子に汚い仕事をやらせておいて、いざ自分が死んだら臭いものには蓋をする感覚で殺せと命じる。そのどこに、息子への愛情があるのか。

王としては自分勝手なところがあるものの、ギリギリ及第点が与えられる王だった。

しかし人としては最低だった。

「ふふっ、ふふふっ……はーっはっはっは！」

デュレルの乾いた笑い声が木霊《こだま》する。かける言葉が見つからず、アシュレイもシンシアも、ただ黙ってその声を聞くほかなかった。

「アシュレイ、今の気分はどうだ！」

デュレルが振り向いた。

すでに正気ではなかった。表情からは人間性が失われ、瞳は憎悪《ぞうお》で塗り固められている。

「お前は十年以上も前に父上と喧嘩《けんか》して出て行った。私は忠実なるしもべとして汚いこともやった。なのにこの結果だ！」

デュレルはしびれるアシュレイに歩み寄ると、その首を絞めた。

「なぜだ！　私のほうが尽くしてきたのに！　私のほうが努力をしてきたのに！　なぜだなぜだなぜだなぜだなぜだなぜだなぜだなぜだなぜだなぜだなぜだなぜだなぜだぁぁぁ！」

もう理知的で聡明《そうめい》だった宰相の面影はない。

ただそこには裏切られ続けた憐《あわ》れな一人の男がいた。

＊

「順番はとても大事なことだよ、拓真《たくま》」

王宮の廊下。屋上へ向かう道すがら、誠司《せいじ》は拓真《たくま》に語り掛ける。

「君はさっき勘違いしたけど、ボクが渡した偽《にせ》の遺書には〝後継者はデュレル〟と書かせておいた。当時、宰相閣下には〝後継者はアシュレイ〟と書かれている覚悟があっただろう。でもね、いざ開けてみたら自分の名が書いてあった。きっと嬉《うれ》しかったと思うよ。散々恨んだだろうけど、尽くしてきたことは事実だし、何より実の父親だしね。初めて認められたと思ったんじゃないかな。そこで気がついてしまったんだ。心の奥底では父親に認められたかったんだって」

「どうしてそんなことを？　そんなことをしたらデュレルのアシュレイへの対抗心が薄れ、お前に利益がなかったはずだ」

拓真《たくま》には誠司《せいじ》の行動が読めなかった。

誠司《せいじ》は人を殺すことを好む。だからデュレルが人を殺すよう命じるような状況を作り出したいはずだ。デュレルが理性的になり、人を殺さないよう命じては誠司《せいじ》にとって好ましくない状況となる。

「短期的には君の言う通りだ。実際このとき、アシュレイ王子との和解の言葉も一度口にしている。でもね、長期的に見れば、宰相閣下の心を折る鍵にできた。だから短期的デメリットには目をつぶり、無理やり対決するように持って行った。遺書を奪うときに殺したクルーセル侯爵は宰相閣下にとって恩のある人でね。ボクはその罪悪感だけで押し切れると判断したわけだ」

「なんてことを……」

人間の発想ではない。やることが悪魔じみている。

「だがお前の望むような展開となるかな？　デュレルの心が折れるとは限らないぜ」

「君はわかってないな。宰相閣下はね、愛されたくてずっと努力をしてきた方なんだよ。もちろん周囲に認められたくて、といった願望はあっただろうが、あの人は常に愛に飢えてきた人だ。両親に愛されなかったことが原因なんだろうな。そして愛っていうのは、誰からもらっても嬉《うれ》しいわけじゃない。宰相閣下が愛されたいと思ったのは四人。父、母、妻、娘。母は常軌を逸しており、妻は明確な愛を示さず亡《な》くなった。残ったのは父と娘。しかし父に認められたと思っていたのに、真実の遺書によって本当は愛情が皆無であったことがわかってしまう。これでは心に異常をきたしてもしょうがない」

「でもまだ娘がいる」

「そう、それが最後の一押しだ。だからボクはとっておきの毒を調合しておいた」

拓真《たくま》は身震いした。

誠司《せいじ》から悪意が感じられない。そう、誠司《せいじ》は悪意で人を貶《おとし》めているわけではない。ただ他人の意思を、都合がいい方向に誘導しているに過ぎない。当人からすれば気持ちを踏みにじられたと感じるどころか、助けられたと感じるだろう。それがかえって恐ろしい。

それは悪意によって人を貶《おとし》めることより、罪なことのように思えた。

「虐殺の歴史を紐解《ひもと》いてみると、驚くべきことに悪意によってなされたことのほうが少ない。人には罪悪感があるからね。虐殺には相応の理由がある。伝統、文化、虚栄心、功名心、恐怖心といったものによって人は人を大量に殺すことを肯定してきた。でもその中でももっとも愚かな理由が〝正義感〟だよ」

拓真《たくま》は知っていた。正義感によって人が人を殺す実例を。

戦争そのものがそうだ。自分の敵だから殺すことは正しい、といった安易な正義感で人が人を殺すことを正当化している。もっと別の例を取っても、革命で、階級闘争で、人はより良《い》い世の中を目指すために人を殺している。

「ボクが調合したのは、善意という名の毒だ。無知な人間が持ちやすい、安酒のような悪酔いする毒さ」

そう言って、人を殺すことにためらいのない殺人鬼は人の善性を嘲笑《あざわら》った。

「アシュレイィィィ！　貴様さえ、貴様さえいなければ、私はぁぁ！」

シンシアは父の正気を失う様に怖気《おじけ》づいていた。

こんなことになるとは夢にも思っていなかった。和解のきっかけはこれしかないと思っての行動だった。

＊

しかし完全に破綻していた。もうこの場に至っては、最後の手段に出るしかなかった。

『隊長、これを渡しておきます』

会談前、誠司《せいじ》から受け取ったのは魔石だった。

『実はアシュレイ王子に出す毒と同じものをすでに宰相閣下に服用させてあります。この魔石はその毒を発動させるものです』

『セージ、あなた……っ!?』

最大の後援者に対して毒を使う。考えもつかない暴挙だった。

『これは隊長を思っての行動です。もし会談が破綻したとき、隊長はアシュレイ王子に解毒剤《げどくざい》を飲ませるおつもりでしょう。しかし宰相閣下がただでお帰しになると思いますか？』

『そ、それは……』

『宰相閣下は間違いなく兵を呼ぶでしょう。アシュレイ王子なら力ずくで脱出できるかもしれませんが、確実ではありませんし、兵士の被害も無視できません。それくらいなら少し大人しくしてもらっていたほうがいいとは思いませんか？』

『確かにそうだけれど……』

『使わなければ後で解毒剤《げどくざい》を飲ませておきます。そうすれば今の話自体誰に漏れるわけでもありません。国の未来を決める正念場です。あくまで隊長が和解を目指すのであれば、アシュレイ王子を決して殺してはいけません。手段は多いほうがいいでしょう』

結局シンシアは否定し切ることができなかった。

その魔石が、手元にある。使うのは今しかなかった。

（すみません、お父様……）

そう念じ、シンシアは魔石を破壊した。

「うっ……」

すぐに異変は起きた。デュレルの動きが緩慢となり、ソファーの横に倒れこんだ。

「こ、これは……」

「お父様、すみません。でもわたしは、何としてもお二人に和解してほしかったのです……」

シンシアは解毒剤《げどくざい》を取り出した。

「叔父様、これを飲んでください。解毒剤《げどくざい》です」

シンシアはアシュレイの上半身を起こし、口に解毒剤《げどくざい》を流し込んだ。

しかし――

「がはっ！」

一飲みした瞬間、アシュレイは血を吐きだした。

「えっ……？」

アシュレイの苦しみ方が尋常ではない。胃の辺りを押さえ、叫び、のたうち回る。

「あああああぁぁあぁっぁ！」

「そんな、どうして……。これは確かにセージが用意した解毒剤《げどくざい》のはず……。っ――」

解毒剤《げどくざい》は毒と同じく誠司《せいじ》が用意したものだった。だからすぐにわかった。

誠司が渡してきたのは解毒剤ではない、と。

「ぐあああぁぁあっぁあ！　あああああぁぁあ！」

「シンシア……お前、なぜそこまでアシュレイの味方に……。お前まで……お前まで私を裏切るのか……答えろぉ、シンシアァァアァア！」

「違う……違う……わたしは……」

「あぁあああぁあっぁあぁあぁ！」

「シンシアァァアァ！　シンシアァアァアア！」

憎悪《ぞうお》、苦痛、絶叫――

怨嗟《えんさ》の声が宰相室に反響し、地獄の淵《ふち》へといざなっていく。

「ああ……あぁ……」

シンシアは頭を抱えた。

良かれと思って、国のためを思って、二人の和解こそが唯一の道だと思って行動した。

しかし現状は——地獄を作り出しただけだった。

「わたしは……わたしは……」

敬愛する父と親愛なる叔父。

自分でどう思おうと、結果的に二人を裏切っていた。

後悔と、罪悪感。それでも他に手段はなかったと唱え続ける脳は限界を超え、破綻した。

「あぁ……あああぁあぁぁ……ああああああぁあぁぁぁぁぁぁぁぁ！」

善意は地に堕《お》ち、場は毒の海に落ちた。

木霊《こだま》するのは、心が崩壊した者たちの嘆きだけだった。

＊

屋上で拓真《たくま》と誠司《せいじ》は対峙《たいじ》していた。

拓真《たくま》が屋上に着いたとき、待っていたのは少女と中年の男だった。

「ちゃんと紹介したことはなかったね。こっちの女の子がオデット。ボクが奴隷から買い上げたんだ。今は解放し、召使いをしてもらっている。こっちはパスカル。ボクの悪事に付き合わせている下種《げす》な魔法使いだ」

「旦那ぁ、あっしの紹介、ひどくありませんか？」

「違っていたか？」

「いや、違ってはいませんが、メイドちゃんとあまりに差があるじゃないですか」

「お前にはこれくらいでちょうどいい」

「そんなぁ！」

誠司《せいじ》は二人を紹介した後、こう言った。

「この二人はボクの味方として加勢させる。君との運動能力の差を考えたら、これくらいのハンデは呑《の》んでくれるだろう？」

「ああ、それくらい別に構わねぇよ」

以前一度出会ったことから、拓真《たくま》は二人の能力の察しがついていた。

オデットという少女にはほとんど戦闘力がない。パスカルは多少厄介だが、足止めができるかという程度。

最初から一対一で戦うとは思っていなかった。だから問題はなかった。

「武器も用意しておいた。好きなものを取ってくれ」

剣、槍《やり》、斧《おの》、弓など、様々な種類の武器が置いてあった。

拓真《たくま》は一応細工を確かめ、問題ないと判断した剣を取った。

「お前は？」

「君が剣なら、ボクも剣にしようかな」

そうして距離を取り、向かい合うことになった。

「そうだ。これを置いておくよ」

誠司《せいじ》は懐《ふところ》から二つの瓶と一通の手紙を取り出し、地面に置いた。

「透明なほうがアシュレイ王子の解毒剤《げどくざい》、緑のほうが宰相閣下の解毒剤《げどくざい》だ。もし君が勝ったら、好きに使うといい」

「本物か？」

「どう受け取ってくれてもいい。それと、手紙はあのときボクが言いかけた言葉を書いておいた。ボクが死んだときは読むといい」

「あいかわらず用意のいいやつだ」

拓真《たくま》は身構え、誠司《せいじ》の出方を観察した。

オデットは誠司《せいじ》のすぐ横。パスカルは十メートルほど距離を空け、三十度方向。

パスカルは魔法で支援と見て間違いないだろう。遠距離攻撃を警戒すべきだが、本当に恐ろしいのは設置型魔法。ただ設置型魔法は発動までに〇・五秒ほどのタイムラグがあり、アシュレイとの訓練で拓真《たくま》は見切ることができた。問題は設置型魔法を避けた後の誠司《せいじ》の動きのほうだった。

不可解なのはオデットの存在だった。戦力的には役に立たない。

おそらくは心理的な虚を突くためにいる。となると、誠司《せいじ》が狙うのは――

拓真《たくま》は目を閉じて思考し、結論を導き出した。

「シミュレーションは終わったかい?」

誠司《せいじ》の問いに、拓真《たくま》は頷《うなず》いた。

「ああ。終わりにしよう、誠司《せいじ》。俺が終わらせてやる」

「じゃあ――あのときの続きを始めようか」

頂点まで昇った太陽が照り付けてくる。

あのとき――墓地で向かい合ったときは雨だった。怒りと悲しみで脳が満たされていた。

そんな中、一番辛《つら》かったのは誠司《せいじ》と殺し合うという状況そのものだった。

でも、今は何となく理解している。

なぜ誠司《せいじ》が自分にこだわるのか。なぜ誠司《せいじ》が殺し合いを望んだのか。

親友と呼べる、唯一の存在だったから。

「行くぜ」

「いつでも」

空気がひりつき、皮膚を刺す。

緊張は周囲に満ち、はち切れんばかりに高まっていく。

「勝負！」

拓真《たくま》は駆けだした。

決着は一瞬。読みの浅いほうが負けになる。

運動能力では勝っている。正面から戦えば反射神経の差で勝てる。

そのことは当然誠司《せいじ》も理解している。だからこそ隙ができるよう手を打ってくる。その誠司《せいじ》の手を読み切り、対応できれば勝ちだ。

「はっ！」

パスカルから放たれる炎の攻撃魔法。だが予測していただけに、方向を変えるだけで軽々とよけることができる。

「これならっ！」

足元に小さな魔法陣が現れる。

設置型魔法。それも予測済みだ。

「ふっ！」

発動までの僅かな間をついて拓真《たくま》は横っ飛びをした。元いた場所に漬物石程度の氷柱ができる。足を封じて動きを止めようとしたのだろうが、そんなのは食らわない。

拓真《たくま》は着地の瞬間に斬り込まれることを警戒していた。しかし誠司《せいじ》が動く素振りを見せなかったため、むしろ反動をつけて一気に距離を詰めた。

「やっぱり君ならそう来るよね」

誠司《せいじ》はオデットの襟首を摑《つか》むと、拓真《たくま》の正面に突き出した。

(やはりこの子を盾としたか——)

誠司《せいじ》なら弱点をついてくると思っていた。

誠司《せいじ》はきっと俺のことを『罪のない人間を殺せない人間』と判断し、策を練ってくるに違いない。そう拓真《たくま》は読んでいた。そしてその弱点予測は見事に合っている。

パスカルに牽制《けんせい》させたのは、オデットを盾にする間が欲しかっただけだ。

つまりこれが本命の罠《わな》。だが想定済みなために対処方法は決まっていた。

拓真《たくま》はあえてオデットの目の前で剣を空ぶった。もし行動を予測できていなければ無理やり剣を止めることになって隙を作るが、わかっていれば少し手前に飛んで隙を作ってしまったと見せかけることができる。

だがすでに反撃の態勢は整えていた。空ぶった勢いを反動に変え、誠司《せいじ》が出してきた剣を弾《はじ》き飛《と》ばすだけの力は込めてある。

拓真《たくま》は誠司《せいじ》の攻撃を待った。だが必殺のタイミングをあえて誠司《せいじ》は見送った。

(っ——違う!)

拓真《たくま》がシミュレーションした最悪の予測。それを狙っているのがわかった。

「オデット」

「はい」

誠司《せいじ》がそっとオデットの背中を押す。オデットはそれを合図とし、拓真《たくま》に飛びついた。

ここで斬ったり弾《はじ》き飛《と》ばしたりすればやはり動きは鈍り、誠司《せいじ》に攻撃される。

だから拓真《たくま》はあえて受け止めた。

「やはり君の本質は正義だ。罪のない少女は殺せない」

誠司《せいじ》が突きの態勢を作っていた。

これが誠司《せいじ》の描いたとどめの光景。誠司《せいじ》はオデットごと刺し殺すつもりだ。

（だが――）

拓真《たくま》はこの場面を予測していた。

ここまで来たら無傷での勝利は不可能。だが最初から誠司《せいじ》相手に無傷で勝てると思っていなかった。

予測していればできる。急所だけ外し、身体《からだ》で剣を受け止めることが。

筋肉で剣を鈍らせられるのはおそらく一瞬。だがとどめの一撃となれば誠司《せいじ》にも隙はできる。

その隙を逃しはしない。確実に相打ちに持ち込んでみせる。

（覚悟は、すでにできている――）

誠司《せいじ》を墓地に呼び出したときから覚悟をしていた。死ぬことを。

拓真《たくま》は誠司《せいじ》に恨みが湧いてこなかった。誠司《せいじ》が危うい精神をしていると知っていたから、その均衡が崩れてしまった悲しみがあるだけだった。

もう大切な人間を失うことに耐えられなかった。

父は失踪し、母は心を壊した。それでも妹がいた。親友ができた。

しかし妹は死に、親友は凶行に走った。

そうして残ったのは――


――親友との約束だけだった。


誠司《せいじ》を止められれば、もうこの世に思い残すことはなかった。

ただ一つだけ心残りがあるとすれば、アシュレイに対してだった。

すでに相打ち覚悟であることを悟られていた節がある。死ぬな、とも言われた。

しかし誠司《せいじ》を殺すために、他に方法はなかった。

「すまない、オデット」

「いえ、ご主人様のためであれば」

誠司《せいじ》は剣を閃《ひらめ》かせ、真《ま》っ直《す》ぐに突きを放った。

僅か数瞬。その間に剣の軌道を読み切った拓真《たくま》は少しだけ身体《からだ》をずらした。

これで刺されても急所は避けられ、筋肉で剣の動きを鈍らせれば反撃できる。それで相打ちは完成する――そのはずだった。

なのに――

「なぜ……なぜだ、誠司《せいじ》！　どうしてお前は――」

――剣を、止めているんだ……？

またとないチャンスだった。突きを放てば確実に傷がつけられる。だから誠司《せいじ》も勢いをつけて突いていた。

間違いなく誠司《せいじ》は刺す気だった。なのにそれがどうしてもできず、無理やりギリギリで止めた……そんな風にしか見えなかった。

「やはり、刺せなかったか……」

誠司《せいじ》のつぶやきには、諦めに似た響きがあった。

その瞬間、拓真《たくま》は首の後ろに痛みが走った。オデットの手にあった誠司《せいじ》のボールペンによって刺されたのだと、すぐに気がついた。

「すみません……」

急速に視界が歪《ゆが》んでいく。ボールペンには毒が塗ってあったのだ。

拓真《たくま》は足をもつれさせた。しかし倒れるわけにはいかなかった。

「せい、じ……」

「君なら毒を一時的に克服するかもしれないからね。強力なものを使わせてもらった。もう長くは生きられないよ」

世界がぐるぐると回り、天地が反転する。耐えきれず、拓真《たくま》は地面に倒れ込んだ。

誠司《せいじ》は拓真《たくま》の横に立つと、淡々と告げた。

「君はボクに匹敵する頭脳と身体能力を持ち、しかもボクの性格をよく知っている。だから勝つためには、君の知らない側面……それこそボク自身さえ知らないような弱点をさらけ出すことでしか虚を突けないと思ったんだ。ボクはオデットを殺すつもりだったよ。オデットにもそう伝えておいた。だができなかった。もしかしたら、とは思っていたんだけどね」

「なぜこの子だけ……。他の人間なら平気で殺すくせに……」

完全に思い違いをしていたのはそこだった。

誠司《せいじ》は異世界の人間を平気で殺してきた。親しかった香奈《かな》さえ殺した。そこに例外はないはずだった。だからオデットを犠牲にして攻撃してくる策を用意し、実行してくると確信していた。なぜ彼女だけ例外なのか、その理由が見当もつかなかった。

「うっ……あっ……」

「教えてくれたのは君の妹……香奈《かな》ちゃんだ」

「香奈《かな》、が……？」

「さすが君の妹だ。あの子は独特の勘というか、センスを持っていてね。初めて会ったときの占いで、ボクを〝自分を殺してくれる人間〟と思ったらしい。実際言われたのは随分後だけど、彼女は心の中でボクのことを〝わたしの死神さん〟と呼んでいたそうだよ」

確か香奈《かな》は初めて誠司《せいじ》と会ったときの占いで、『最高の相性だった』と言っていた。つまりそれは『殺してくれる』という意味で『最高の相性だった』と考えていたのだ。

「香奈《かな》ちゃんらしいメルヘンチックさだよね。そして荒唐無稽な発想なのに、不思議と本質を手繰り寄せ、思いもつかないところから真実にたどり着く。香奈《かな》ちゃんはやはり君の妹なんだと納得させられる部分だな。ボクは彼女のそういうところを尊敬し、好意を抱いていた」

「なら、香奈《かな》はずっと死を願っていたというのか……？」

「知らなかった、とは言わせないよ」

拓真《たくま》は唇を嚙《か》みしめた。

……わかっていた。知っていた。でも辛《つら》くて認めたくなかった。たった一人の兄妹《きょうだい》だから。

「香奈《かな》ちゃんは死を望んでいた。助かる見込みのない生に絶望し、発作の苦痛に耐えかねていた。でも自分で死ぬ勇気がなかった。だからボクに頼んできたのさ。殺してほしい、と。でもボクは断っていた。君と暮らす学生生活に満足していたから。でもあの日——香奈《かな》ちゃんがひどい苦しみの末に死にかけ、ギリギリ生還した日。ボクは彼女に呼び出された」

誠司《せいじ》は雲一つない青空を見上げた。

そして語りだす。香奈《かな》の死んだ日のことを。

＊

『もう耐えきれないんです。苦しくて、怖くてたまらないのに、自分では死ねない。だから誠《せい》司《じ》さん……わたしを殺してください』

誠司《せいじ》は不快だった。

人を殺すことにためらいはない。罪悪感もない。だが殺してくれと頼まれるのは、無理やり口に食べ物を放り込まれるような不快感があった。

『悪いけど、その望みは叶《かな》えられない。そもそもそんなことをしたら、ボクは警察に追われてしまうし、君のお兄さんにも恨まれるだろう』

『遺書はずっと前に書いてあります。後はバレないようにするだけですが、誠司《せいじ》さんならできるでしょう？　それに、わたしにはわかってます。誠司《せいじ》さんはわたしを殺すことに……いえ、人を殺すことに良心の呵責《かしゃく》を覚えない……そんな人でしょう？　だから誠司《せいじ》さんしかいないんです』

『君はボクを殺人鬼呼ばわりする気かい？』

『殺人鬼じゃありません。〝わたしが尊敬する、美しすぎる死神さん〟です。言っておきますが、わたしは確信していますから、考えを変えるつもりはありませんよ？』

『……はぁ。じゃあそれはいいとして、君のお兄さんに恨まれる件はどうだ？』

『遺書に誠司《せいじ》さんだけは信じるよう書いてありますから』

『自分を殺す人間を兄に信じろと言うのかい？』

『だって、わたしわかってますもん。誠司《せいじ》さんはいい人だって。少なくとも兄への友情が本物だとわたしにはわかってます』

『君は独特の感性の持ち主だな。呆《あき》れるのを通り越して賞賛したくなるよ』

『わたし、自分勝手なので他の人はどうでもいいんです。わたしは自分の最善と兄の最善、この二つを満たそうとあがいているだけです』

『君を殺すことで、ボクが殺すことの楽しみを知ってしまい、お兄さんにも手をかけようとしたらどうする？』

　思わず——そう、本当に思わず、そんなことを聞いていた。

『それって一種の友情表現じゃないですか？　かなり特殊ですけど』

『まったく、君って子は』

　香奈《かな》は窓から星空を見上げた。

『兄は……妹のわたしから見ても、特別な才能を持って生まれてきました。たぶん人の身にあまるような……下手すると自分を燃やしかねない才能です。それゆえ兄は表面上はどうあれ……孤独でした。ですが兄は誠司《せいじ》さんと出会いました。きっと兄にとって、対等であれる人は誠司《せいじ》さん以外生涯現れないでしょう。もう一人対等であれたのはわたしですが、わたしは長生きできませんから』

『香奈《かな》ちゃん……』

『なので兄が幸せになるには、誠司《せいじ》さんが不可欠です。おそらくそれは、誠司《せいじ》さんにも言えることだと思います。もし誠司《せいじ》さんが身に抱える怪物……それがわたしを殺した程度で抑えきれなくなるとしたら、もう誠司《せいじ》さんは限界まで来ているんです。わたしを殺さなくても近々怪物は解き放たれるでしょう』

『なぜそう言い切れる？』

『根拠はありません。勘です。でも何となく、そうなると確信しています。だからここでわたしを殺しても殺さなくても、結果は同じだと思っています。だからお願いしているんです』

生まれてからずっと死を意識してきた少女。そのため か年に見合わない異常なほど達観した死生観を彼女は持っていた。

『わたしはこれ以上苦痛に耐えられません。それに誰かの負担にもなりたくありません。一日も早く死ぬことで兄の重荷となることから解放されたいんです』

香奈《かな》は透き通るような瞳で言った。

『──お願いです、わたしの死神さん。どうかわたしを救ってください』

『……本当に、いいんだな？』

『これでも死が怖くて震えているんですよ？　ささっとやっちゃってください』

人を殺したくないと思ったのは初めてだった。

でもそれが、自分が尊敬の念を抱くほどの少女の願いなら。拓真《たくま》の解放へと繋《つな》がるのなら。

──自分がやらなければならないと思った。

誠司《せいじ》は軽く香奈《かな》の肩を押した。

『あっ……』

窓際《まどぎわ》にいた香奈《かな》はバランスを崩した。吸い込まれるように窓の外へと落ちていく。

『香奈《かな》ちゃん……っ！』

誠司《せいじ》は思わず手を伸ばしていた。

しかし香奈《かな》は手を伸ばさなかった。

ただ微笑《ほほえ》み、口を僅かに動かした。

あ　り　が　と　う

そう告げたことがわかった。

ドサリ、と地面へ落下する音がした。

彼女から〝魂の火〟が恐ろしい勢いで燃え上がり、花火のように消えた。

『美しい……』

今まで見た中でもっとも美しい光景だった。しかしこれほど不快な気持ちになったことがなかった。

殺してほしいと頼んできた人間を殺したことが不快なのか。それとも大事な人を殺したのに美しいと感じた自分が不快なのか。

わからなかった。

わからず、なぜか人を殺すことへの強烈な飢餓感だけが残った。

『ははっ、はははは……』


──誠司《せいじ》さんが身に抱える怪物。

香奈《かな》がそう評した怪物が、暴れ狂っていた。

『すまないね、香奈《かな》ちゃん。ボクは怪物になっちゃったみたいだ。ボクは君のお兄さんを──殺したくてたまらない。君の死によって目覚めるなんて、皮肉だな。でも謝らないよ。君も薄々感じていたことだから。呪ってくれていい。弁解はいずれあの世でさせてもらうよ。ああ、でも困ったな。弁解の言葉が死ぬまでに見つからないかもしれない。駄目だな、ボクは本当に、怪物になってしまったようだ──』

*

拓真《たくま》は誠司《せいじ》が語る香奈《かな》の死の光景をじっと聞いていた。

それは、異世界に来てから改めて予想した光景に限りなく近かった。

「ボクは人を殺すことにためらいはない。罪悪感もない。でもね、自分から命を差し出す人間を殺せないみたいだ。大きな弱点だが、それをさらすことで君の虚を突け、勝てた。皮肉なことだが、この世は皮肉でできている。ふさわしい結末なのかもしれないね」

「わかって、いたさ……」

拓真《たくま》の目に涙が溢《あふ》れた。

もう指一本まともに動かない。それがたまらなく悔しかった。

「お前はおそらく、香奈《かな》を殺すまで誰も殺していない……。お前は病院で死に行く人を遠くから見るだけで、必死にこらえていた……。俺との約束を守り、怪物に負けないようお前はあがいていた……。なのに──」

最後の一押しをしてしまったのは、妹のわがままだった。香奈《かな》が誠司《せいじ》の保っていた人としての最後の一線を断ってしまった。

そのことが申し訳なくて、悲しくて、悔しくて、どうしようもなかった。

「君に残された時間は少ない。だからボクらが異世界に召喚されたとき、言おうとした言葉を教えるよ」

誠司《せいじ》は照れくさそうに頬をかいた。

「本当にとてもありきたりで、取るに足らないことなんだ」

そう前置きをして、誠司《せいじ》はゆっくりと口を開いた。


「ボクは、君のことを――親友だと思っている」


笑顔のまま、誠司《せいじ》の瞳から一筋の涙がこぼれ落ちた。

「こんなことになっても、まだ。どの口が言うんだ、と言うかもしれない。でもね、これがボクの偽らざる本心なんだ。君を殺そうとしたのは事実だし、これから君を殺すのもボクだ。それでも君はボクが生涯で持てる、唯一の親友――その気持ちは微塵《みじん》も変わっていない」

「お前はやっぱり、俺に殺してほしかったんだな……」

拓真《たくま》の瞳からとめどなく涙がこぼれ落ちる。涙は地面に落ち、すぐに蒸発して消えていった。

「お前は最後に残った理性で、自分の中の怪物を止めてほしいと思っていたんだ……。俺が自分を止められる、唯一の人間だと信じて……」

「そうかもしれない。そうじゃないかもしれない」

「情けねぇ……約束したのに……こんなざまなんて……情けねぇぜ……」

誠司《せいじ》は落ちていた剣を拾い上げた。

「残念だけど拓真《たくま》、そろそろお別れの時間だ」

拓真《たくま》は喉の奥から言葉を押し上げた。

「誠司《せいじ》……もしひとかけらでも止めてほしい気持ちが残っているなら、アシュレイを生かせ……。俺がこの世界で出会った中で、ただ一人お前を止められる可能性を持ったやつだ……」

「……親友の君の言葉だ。覚えておくよ」

誠司《せいじ》は天高く剣を振り上げた。

「ボクは君を殺したとき、人生最大の絶頂を迎えるだろう。そしてボクは本当の怪物になり、もはや誰も止められない。ボクが死んだ後、君はそんなボクを受け入れてくれるかい？」

拓真《たくま》は最後の力を振り絞って答えた。

「クソくらえ」

「君らしい言葉だ」

剣が振り下ろされる。

そうして拓真《たくま》の短い生涯は終わりを告げた。

エピローグ

＊

後の歴史書ではこう書かれる。

インストリアル王国国王アルノルト・イルハーン葬儀の日、秘密裡《ひみつり》にデュレル、アシュレイ両王子による最後の会談が行われた。

しかし交渉は決裂。インストリアル王国は内戦へと突入した。

戦場となったのはコベイタル平原。かつてアシュレイがバーズデル王国を撃退し、守護神として崇《あが》められるようになった記念すべき土地だった。

国王となったデュレル率いる兵は騎兵工兵を含め三万二千。対するアシュレイは八千。

戦力的に四倍の差があったが、アシュレイの将としての名声は高く、前評判では互角だった。

しかしここで才覚を見せたのはデュレルから全軍の指揮を任せられていたセージ・アイヒェンドルフ男爵である。

巧みな用兵によりアシュレイ軍を分断。つけ入る隙を与えず、完膚なきまでの圧勝となった。

この勝利によりアイヒェンドルフ男爵は伯爵となり、誰もが認めるデュレルに次ぐ人間として采配を振ることになるのである――

＊

玉座の置かれた広間に、夕日が差し込んでいる。

広間にいるのは玉座の主――デュレルと、正面に立つ誠司《せいじ》だけだった。

「陛下、アシュレイはバーズデル王国に逃げました。どういたしますか？」

デュレルが顔を上げる。しかしかつてのデュレルを知っている人間が見たら、驚くことは間違いなかった。

美しい金色の髪が白くなっていた。若々しかった顔に老いが出ていた。目の周りには濃いくまができている。

疲れている。肉体的疲労ではなく、精神面で。それが誰からも見て取れた。

「差し出すようバーズデル王国に使者を出せ」

「もういたしました。しかし拒絶されました。かつてバーズデルは誰よりもアシュレイを憎んでいましたが、心変わりが早いものです」

「しかしアシュレイは殺さなければならない」

「ならばバーズデル王国に宣戦布告しましょう」

うっ、とデュレルが詰まった。

「いや、それならもう少し準備したほうがいい。さすがに宣戦布告は急すぎる。慎重に事を運ぶべきだ」

「陛下、兵たちの準備はできています。アシュレイへの勝利で士気も高いです」

「しかしだな……」

「――陛下」

誠司《せいじ》は恭《うやうや》しく頭を下げた。

「ボクはボクの望みを叶《かな》えていただける限り、陛下の望みに協力する者です。陛下の今の望みは、シンシア様との関係の修復、でよかったでしょうか？」

「あ、ああ、その通りだ」

デュレルは葬儀の日に裏切られて以降、シンシアと一言も口を利《き》いていなかった。シンシアは王宮を離れて別荘に移り、デュレルもそれを許した。交流は途絶え、関係は完全に破綻していた。

「国の一大事とあれば、シンシア様も別荘から出てくることでしょう。それを関係修復の端緒としてはいかがでしょうか？」

「確かにそうかもしれないが……」

「ボクはこれを機に、デュレル陛下が全世界の統一に乗り出すことを進言いたします」

デュレルは絶句した。

しかし段々と意味が呑《の》み込めてくると、今度は顔を赤くして怒った。

「なぜそのようなことをせねばならぬのだ！　そもそも世界の統一など夢想に過ぎん！　お前はこの国に亡《ほろ》べと言うのか！」

「陛下はエリス様の復活を諦めたのでしょうか？」

「っ――」

デュレルは唇を噛《か》みしめた。

「陛下、シンシア様との仲はもう元通りになりません。砕けたガラスが元に戻らないのと同じです。懸命に修復しても、ヒビはどうしても残ります。だからここは当初のお望み通り、エリス様の復活を目指してはいかがかと思うのです」

「し、しかし……」

「別に器《うつわ》をシンシア様にしろと言っているわけではありません。まずはアシュレイを捕獲し、秘宝『カイメラ』を奪取するのです。アシュレイをうまく捕らえられましたら、無理やり唯我《ゆいが》魔法を使わせる手もあります。器《うつわ》はそのとき決めればいいでしょう」

「それなら世界制覇を目指す意味がない」

「今申しました『カイメラ』奪取、アシュレイへの魔法強制、この二つは限りなく可能性が低いです。だからもっと深慮遠謀が必要なのです。『カイメラ』は今までに三つ発掘されています。ということは四つ目の可能性があります。勢力が大きくなれば、手にできる可能性が高くなるでしょう。また魔法の使い手も、世界各地にはインストリアル王家から嫁いだ女性の血族がいます。今のところアシュレイを除けば、使える可能性があるのは数年後のシンシア様だけです。しかし隠れているだけで、使い手は他にも存在しているとボクは推測しています」

「だ、だが……」

「世界は広い。ならばもしかすると、シンシア様でなくてもエリス様にそっくりな人間がいるかもしれません。陛下はエリス様ともう一度会いたいとは思いませんか？」

「あぁ、ああ、会いたい……。エリスに会いたい……」

デュレルは涙を流して頷《うなず》いた。

誠司《せいじ》はくすりと笑って立ち上がった。

「ならばバーズデル王国に宣戦布告します。その後のことはまたアシュレイの動向を見てからお話ししましょう」

「……わ、わかった。お前に任せる」

「吉報をお待ちください」

誠司《せいじ》は礼をして広間を退出した。

＊

誠司《せいじ》が郊外に作られた自分の館に戻ると、すでに夕食の準備が整っていた。

「ただいま、オデット。おいしそうなにおいがしているね」

「今日は新作です！　楽しみにしていてください！」

オデットは腕をまくって自信いっぱいに答えた。

誠司《せいじ》はオデットの料理に舌鼓《したつづみ》を打った。彼女が自信を持って言うだけあって、新作料理は見事なものだった。

食後、誠司《せいじ》がバルコニーで夜風に当たっていると、背後からオデットが声をかけてきた。

「ご主人様……」

オデットはどこか悲しげな瞳をしていた。

「どうした？」

「いえ、あれからずっと、ご主人様が悲しそうで……私、見ていられなくて……」

「……そうか、ボクはそんな表情をしていたのか」

誠司《せいじ》は椅子を引き寄せた。

「オデット、一緒にワインを楽しまないか？　まあ、と言ってもワインに似せて作らせた、ノンアルコールのジュースなんだけどね」

「い、いえ、私は召使いなので……」

「ボクがそういうのを気にしないと知っているはずだ」

「……で、ではお言葉に甘えまして」

オデットは誠司《せいじ》が用意した椅子に座ると、すぐさま注がれたワイン風ジュースに少し口をつけた。

「オデット、また戦争となるよ」

誠司《せいじ》は月を見上げ、そう言った。

「ご主人様が引き起こしたんですか？」

「そうだね。世界には、ボクの知らない凄《すご》い人間がいるかもしれないから」

「スガヌマ・タクマさんより凄《すご》い人ですか？」

「あまり期待はしていないけどね。彼を超える人間の想像がつかないんだ」

「ご主人様……」

「それより、日記はちゃんとつけているかい？」

「……はい」

「ちょっと見せてもらっていいかな？」

「……どうぞ」

誠司《せいじ》はオデットに日記をつけるよう命じていた。

特別な内容を記載しろ、とは言っていない。ただ真実をあるがまま書いておくんだ、と告げていた。

誠司《せいじ》はオデットから渡された日記の表紙を見て、数瞬固まった。


――この世でもっとも愛《いと》しい悪。


それがこの日記のタイトルらしかった。

誠司《せいじ》はすぐさまペンを取り、一部を書き換えた。


――この世でもっともいびつな悪。


「オデット、わかっているんだ。ボクは、愛されるべき人間ではないって。いびつなんだ、どうしようもなく」

「ご主人様……」

「君はそんなボクを傍《はた》から客観的に見て、事実だけを書き残してほしい。ボクが裁きを受けるとき――いや、裁きを受けた後のために」

オデットはそっと立ち上がると、誠司《せいじ》の背後に回り、ゆっくりと誠司《せいじ》の首に腕を回した。

「ご主人様は、私を殺すことで満足はできないんですよね……？」

「満足するどころか、殺したくもないよ。世界中の人間を残らず殺し、ボクと君だけになったら、殺すかどうか考えることにする」

「私はずっとご主人様の傍《そば》にいます……。死ぬまで……いえ、死んでも傍《そば》にいます……。ですから、どうかそんな悲しい目をしないでください……」

「……ありがとう、オデット」

誠司《せいじ》はオデットのグラスを摑《つか》み取《と》り、肩口にあるオデットの顔に近づけた。

「じゃあ乾杯をしよう」

「何への乾杯ですか？」

「そうだな……」

誠司《せいじ》はグラスをオデットに受け取らせ、星空に思考を巡らせた。

「じゃあ、この憐《あわ》れなる異世界とボクの中の愚かな怪物に」

人は欠けてしまったら、別の何かで埋めざるを得ない。しかし埋まるものなどなく、それでも埋めようとすることをやめられない。

だからといって祝福をしてはならないと誰が決めたのだろうか。悲劇であるとしても、自分が喜劇だと思えばそれは一つの喜劇ではないだろうか。

だから来《きた》るべき未来と破滅へ向かう自分を、大いに笑ってやろうと思った。
誠司《せいじ》はオデットの持つグラスに自分のグラスを当てた。
キンッ、と小さく甲高い音が鳴り響く。
誠司《せいじ》は最高の微笑《ほほえ》みでオデットに告げた。

「――乾杯」

あとがき

初めての方は初めまして。別作品を既読の方は、またお会いできて嬉《うれ》しいです。二丸《にまる》です。

三か月で四冊の新刊を電撃文庫で出版となりましたが、これが最後の一冊となっております。

さて、今作の内容についてですが……我ながらなんですが、よく出版できたな、と。こんなヤバい話は、自分の中ではデビュー作の『ギフテッド』以来です。ライトノベルの流行《はや》りを離れるといった程度ではなく、これほど邪悪さといびつさで満たされた物語が出版できたことに、私は大きな喜びを感じています（ラブコメだけでなく、こういう作品も大好きなので）。

今作のテーマは「悪」です。

でも「悪」って何をしたら悪でしょうか？　特に私が描きたかったのは、「登場しただけで場がひりつくような悪」だったのですが、どうしたらそういう悪となるでしょうか？

たとえば人を殺すのは悪ですが、誰かを守るためとか、戦争でなら肯定される場合もあります。また動機も大事で、とんでもない悪のカリスマがちょっとしたことで小物に見えてしまうことがあります。そうしたことを悩みつつできたのが「高城誠司《たかしろせいじ》」というキャラです。

私が好む悪には「美学」がありました。「矛盾」と「独特の論理」がありました。誠司《せいじ》はこうした部分を持つため、普段は文章のリズムを優先するのですが、今作は説明や語りを意図的に多くしています。それは読みやすさより、各キャラの思考の可視化を優先したためです。

どれだけ記載されていても、誠司《せいじ》に共感する方は少ないでしょう。しかし彼にも彼の論理があり、その苦悩と吹っ切れた思考を見ることに面白さがあるのではないか、と思ったのです。

私はある事柄を極限まで掘り進めると、両極端に見えるものが同居すると考えています。『呪われて、純愛。』がわかりやすいですが、「純愛」と「呪い」が同居する物語となっています。

この物語のテーマは悪ですが、私は「戦記物を背景にした友情物語」として書いています。誠司《せいじ》と拓真《たくま》の友情はいびつで、でも純粋です。そんな極限の友情だからこそ美しさが生まれ、表現できないかとチャレンジしたのが今作です。本当に書いていて楽しい作品でした。

この作品については、二巻以降の展開はすでに決めています。ただ昨今のライトノベルの厳しい事情から、一巻が売れなければ二巻を書けないでしょう。本当は最低四巻……できればもっとたっぷり書きたい気持ちはあるのですが……こればっかりは皆様に運命を託します。

最後に編集の黒川《くろかわ》様、小野寺《おのでら》様、ありがとうございます！　イラストのchampi先生、多くの構図を出していただきありがとうございます！　明暗の効いたカラーイラストは素晴らしく感動しました！　最後に、この作品にご協力いただいているすべての皆様に感謝を。

二〇二二年　九月　二丸《にまる》修一《しゅういち》

◉二丸修一著作リスト

「ギフテッドⅠ～Ⅱ」（電撃文庫）
「女の子は優しくて可愛いものだと考えていた時期が俺にもありました1～3」（同）
「幼なじみが絶対に負けないラブコメ1～10」（同）
【ドラマCD付き特装版】
幼なじみが絶対に負けないラブコメ6 ～もし黒羽と付き合っていたら～」（同）
「呪われて、純愛。1～2」（同）
「君はこの「悪【ボク】」をどう裁くのだろうか？」（同）
「嘘つき探偵・椎名誠十郎」（メディアワークス文庫）

本書に対するご意見、ご感想をお寄せください。

ファンレターあて先
〒102-8177　東京都千代田区富士見2-13-3
電撃文庫編集部
「二丸修一先生」係
「champi先生」係

本書は書き下ろしです。

電撃文庫

君《きみ》はこの「悪【ボク】」をどう裁《さば》くのだろうか？

二丸修一《にまるしゅういち》

◇◇◇

2022年12月10日　初版発行

発行者　山下直久
発行　株式会社KADOKAWA
〒102-8177　東京都千代田区富士見2-13-3
0570-002-301（ナビダイヤル）
装丁者　荻窪裕司（META＋MANIERA）
印刷　株式会社暁印刷
製本　株式会社暁印刷

ISBN978-4-04-914226-6　C0193　Printed in Japan

電撃文庫　https://dengekibunko.jp/

電撃文庫創刊に際して

文庫は、我が国にとどまらず、世界の書籍の流れのなかで〝小さな巨人〟としての地位を築いてきた。古今東西の名著を、廉価で手に入りやすい形で提供してきたからこそ、人は文庫を自分の師として、また青春の想い出として、語りついできたのである。

その源を、文化的にはドイツのレクラム文庫に求めるにせよ、規模の上でイギリスのペンギンブックスに求めるにせよ、いま文庫は知識人の層の多様化に従って、ますますその意義を大きくしていると言ってよい。

文庫出版の意味するものは、激動の現代のみならず将来にわたって、大きくなることはあっても、小さくなることはないだろう。

「電撃文庫」は、そのように多様化した対象に応え、歴史に耐えうる作品を収録するのはもちろん、新しい世紀を迎えるにあたって、既成の枠をこえる新鮮で強烈なアイ・オープナーたりたい。

その特異さ故に、この存在は、かつて文庫がはじめて出版世界に登場したときと、同じ戸惑いを読書人に与えるかもしれない。

しかし、〈Changing Times,Changing Publishing〉時代は変わって、出版も変わる。時を重ねるなかで、精神の糧として、心の一隅を占めるものとして、次なる文化の担い手の若者たちに確かな評価を得られると信じて、ここに「電撃文庫」を出版する。

1993年6月10日
角川歴彦

第28回
電撃小説大賞
選考委員
奨励賞
電撃文庫
アマルガム・ハウンド
捜査局刑事部特捜班
1
駒居未鳥
illust 尾崎ドミノ
少女は猟犬――
主人を守り敵を討つ。
捜査官と兵器の少女が
凶悪犯罪に挑む！
捜査官の青年・テオが出会った少女・イレブンは、
完璧に人の姿を模した兵器だった。
主人と猟犬となった二人は行動を共にし、
やがて国家を揺るがすテロリストとの戦いに身を投じていく……。
電撃文庫

怪物中毒
MONSTER HOLIC
PICK UP!
超人気作家
三河ごーすと
が贈る原点回帰にして
最新の
ダークファンタジー！
AUTHOR
三河ごーすと
ILLUST
美和野らぐ
怪物以上人間未満の
少年少女たちが
《官製スラム》の夜を駆ける――！
電撃文庫

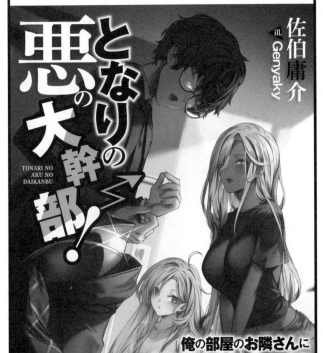

バレれば
世界滅亡⁉
浮気バレ厳禁の二股ラブコメ！
宇宙人のカノジョか？
同級生の恋人か？
私のことも、好《す》きって言ってよ！
〜宇宙最強の皇女に求婚された僕が、世界を救うために二股をかける話〜
午鳥志季
イラスト／そふら
宇宙を統べる最強の皇女・アイヴィスに“一目惚れ”された高校生・進藤悠人。
地球のためアイヴィスと付き合うことを要請される悠人だったが、
悠人には付き合い始めたばかりの彼女がいた！　悠人の決断は——？
電撃文庫